LE TEMPS DES VAGUES

Fahd OUCHENE

Le Temps des Vagues

Roman

Éditions Amalthée

Consultez notre site internet

Pour tout contact :
Éditions Amalthée – Centre Chester Carlson
ZAC du Moulin des Landes – 2 rue Gutenberg,
44980 Sainte-Luce-sur-Loire
www.editions-amalthee.com

1

Il est de ces peurs qui emplissent les veines avec une force telle au point de provoquer la libération du corps de toute forme d'autorité qu'exercerait en temps normal la volonté de la conscience, ou à tout le moins ce que nous entendons ainsi. Une forme de peur gravée dans notre patrimoine génétique au gré de millions d'années d'évolution.

En ce moment même où le feu ravage un par un les étages du dessous, je suis phagocyté par le crépitement des structures métalliques et autres cris assourdissants de panique. Mon corps frémit incessamment, sans doute à l'espoir de voir enfin intervenir les secours. Entre-temps, je patiente comme paralysé, nulle place pour l'action. Non, ma vie ne défile pas devant mes yeux, cela m'aiderait pourtant à endurer la pénible situation dans la laquelle je me trouve. Chaque seconde compte et inflige son lot de souffrances. Je ressens continuellement la présence obscure de la douleur dans ma poitrine, le resserrement de mon corps qui me craint. Je suis pourtant bien présent dans cette immense pièce, convaincu tant bien que mal d'être à l'abri derrière cette porte coupe-feu. Je reste blotti tentant de retrouver un tant soit peu de courage et de dignité. Le moindre mouvement est une corvée. Il n'y a rien à comprendre car je n'ai rien choisi. Une injustice que seul le destin est capable de dégainer, un peu comme la première goutte d'eau qui s'abat sur le front juste avant le commencement d'une tempête.

Non, ma vie ne défile toujours pas devant mes yeux mais le souvenir laisse une trace indélébile. Il me suffit de fermer les yeux pour l'entrevoir. Un souvenir, un destin, celui d'Olivier, juriste de formation spécialisé en droit des affaires et éprouvé aux bancs de l'université de la Sorbonne. C'est décidé, j'arrête d'essuyer la sueur sur mon front. Il n'est pas de tornade plus dévastatrice que celle engendrée par l'écroulement des certitudes. Le sol tremble et bouillonne mais ma vie a déjà tremblé par le passé. Passé dont je me souviens comme si c'était hier.

En un vendredi de janvier 1997 à Paris, alors que la journée s'engloutissait dans la trêve de fin de semaine, je jonglais avec l'ordre du jour de la réunion. Mes habiles interventions m'avaient valu depuis un certain temps déjà l'estime de mes supérieurs, notamment de Mathilde ma responsable directe. J'étais ce qu'on pouvait appeler un jeune cadre épanoui. Ayant échoué à deux reprises à l'examen du barreau, je forgeais patiemment les années d'expérience professionnelle nécessaires à l'obtention du sésame dérogatoire. J'espérais le prestige du prétoire dès l'année 2001.

La journée fut difficile, j'avais achevé dans un délai record et sur obstination de la direction commerciale, un contrat-cadre pour le moins pernicieux afin de permettre à mon employeur spécialisé dans la production de plateformes pétrolières, d'équiper un nouveau client. Ce dernier était domicilié dans une de ses îles suspectes où l'argent sale côtoie la complaisance. Il ne manquait plus que ça, vociférai-je dans l'espace ouvert qui abritait les bureaux du service juridique de mon employeur. La responsable du service, Mathilde, me regarda d'un air amusé puis me proposa une pause-café. Nous nous dirigeâmes vers la cafétéria, un étage au-dessus. « Café simple pour moi s'il te plaît », réclamai-je, tandis que Mathilde opta pour un cappuccino. Nous nous assîmes à une table à flanc de la baie vitrée, il faisait beau ce jour-là et la perspective de bientôt pouvoir profiter du soleil le week-end m'enchantait. Mathilde brisa soudainement le paisible silence qui s'était installé entre nous deux :

— « Il se passe des choses dans la boite en ce moment. Il faut que je te voie demain matin à dix heures. Désolé de te faire venir au bureau un samedi matin mais ça ne sera pas long. J'ai à te parler d'affaires confidentielles. »

— « Tout va bien, Mathilde ? » m'inquiétai-je.

— « Oui. Ne t'en fais pas. »

De mon bureau situé au quartier de l'Opéra, j'étais rentré à pied à une heure tardive. J'appréciais marcher le soir car il y avait moins de monde dans les rues. La marche nocturne s'apparentait à une sorte de transition qui me délestait des affaires du bureau. Je longeai la rue des Petits Champs prolongée par la rue la Feuillade jusqu'à la Place des Victoires puis je poursuivis sur la rue Étienne Marcel. Je continuai sur la rue Tiquetonne jusqu'au studio que je partageais avec Marion, ma compagne, de garde pour la nuit. Marion préparait une spécialité en médecine d'urgence.

La porte du logement ouvrait sur une pièce unique en longueur, le lit en mezzanine surplombait l'espace cuisine encastrée et jouxtait la salle de bains. Au fond du séjour, une grande fenêtre ornait le bout de la pièce. Celle-ci arrosait le divan victorien éculé en cuir marron, au pied duquel était allongé un grand tapis blanc cassé au motif noir sous forme de losange. Au milieu de tapis était positionnée une table basse en verre tamisé. Celle-ci soulevait un téléviseur noir à écran plat. Un grand portrait sérigraphié de Che Guevara était accroché au mur derrière le téléviseur. Marion trouvait un malin plaisir à rappeler le contraste entre l'image anticapitaliste du Che et l'enthousiasme que j'entretenais pour mon métier mondialisé. Je m'allongeai sur le divan, le regard hagard et m'égarai dans mes pensées lorsque les derniers propos de Mathilde retentirent tel un écho abyssal, « Il se passe bien des choses en ce moment. Il faut que je te voie demain matin à dix heures... ».

Consumé par la fatigue, j'empilai péniblement mes réflexions une à une. Je n'avais plus suffisamment de force pour grignoter quoi que ce soit et finis par m'abandonner au sommeil rampant, les idées pêle-mêle devant la télévision muette et agitée. Le clair de lune pénétrait dans le salon à travers la grande fenêtre, je laissai les rideaux ouverts et éteignis le plafonnier.

Le lendemain, je pointai au bureau dès neuf heures du matin par un ciel agréable malgré un léger froid. Je profitai de ma venue précoce pour expédier un dossier et endurer l'écoulement d'une heure en trépignant. Comme convenu, Mathilde apparut à dix heures pétantes puis s'assit calmement.

— « Pardonne ma méthode mais je ne pouvais pas risquer d'aborder un sujet aussi sensible en présence des autres collaborateurs. »

— « Quoi donc ? » répliquai-je pour briser les amabilités préliminaires.

— « Les circonstances m'obligent à être brève à ce stade. Le groupe fait face à des difficultés financières depuis plusieurs mois déjà. Le nouvel actionnariat exige des actions concrètes pour corriger le tir et redresser la situation financière. Un plan de restructuration fut acté la semaine dernière. Je n'ai pas plus de détails. »

— « Dire que nous avions battu tous les records cette année en nombre de contrats signés. » La stupeur marqua mon visage bien que j'aie tenté vigoureusement de rester placide.

— « La direction commerciale a conclu plusieurs contrats avec des contreparties en difficulté. Pour ne pas arranger les choses, le directeur financier a engagé le groupe dans des opérations financières, disons complexes avec des banques en Asie du Sud-Est. »

— « Je vois, qu'adviendra-t-il à présent ? » j'avais le besoin vital de faire face aux conséquences comme si je soupesais la gravité des événements dans ma paume.

— « À ma connaissance, recapitalisation au compte-gouttes, restructuration et plan social. Pour répondre à ta question, si je t'ai demandé de venir ce matin c'est parce qu'il faut que tu te sépares des services de tes collaborateurs, Sara et Guillaume en fin de semaine prochaine. Une cellule d'accompagnement sera bientôt opérationnelle au sein du département des ressources humaines, tu seras informé des détails de la démarche à suivre d'ici là. N'oublie surtout pas s'il te plaît, je compte sur ta discrétion. »

Quelque soulagé que j'aie été de survivre à la tornade qu'essuyait mon emploi, le sort de mes deux collaborateurs me tourmentait au plus haut point. Que pouvais-je réellement faire ? Nulle issue possible face à l'indignation mais j'avais besoin de m'accrocher à une légitimation quelconque afin d'apaiser ma conscience et de ménager mon libre arbitre. L'empathie franche vis-à-vis de mes collaborateurs me fournit un refuge inespéré, un brin de soulagement. Je sortis du bureau l'esprit tourbillonnant. Je décidai d'aller errer dans Paris à pied. Marion avait probablement beaucoup à faire dans le service des urgences de l'hôpital de la Pitié Salpêtrière. J'aimerais tellement la voir maintenant, ne serait-ce que le temps d'une courte pause, lui confier mon désarroi. Elle trouverait les mots justes, la délicate caresse qui apaise. Inutile de la déranger, son quotidien au travail était déjà pénible en soi. Elle enchaînait les heures, fatiguée par un engagement interminable. Pire encore, elle répétait souvent que la cafétéria au dernier étage de l'imposant bâtiment de l'hôpital exhibait de jour comme de nuit, une superbe vue sur le jardin des plantes, comme pour exacerber sa détresse. Elle m'avait confié souffrir de migraine récurrente et de douleurs dorsales, que la couche douillette imbibée de l'odeur de notre couple lui manquait. Elle se contentait des lits de fortune à disposition des médecins de garde dans ce qu'apparaissait comme une prison à peine voilée. Je trouvais son quotidien profondément inique, il lui accordait pour unique rétribution un engrenage délétère malgré un volontarisme initial pour le bien-être collectif maintenu par force efforts masochistes.

Il serait franchement égoïste de ma part de l'importuner pour une affaire qui ne me concernait qu'indirectement de surcroît. J'attendrai qu'elle rentre le soir et lui servirai un verre de blanc comme d'habitude. Cela la détendait. J'espérerai la serrer dans mes bras quelques instants avant que le quotidien ne nous absorbât de nouveau. D'ici là, je poursuivis mes pérégrinations. Celles-ci m'avaient conduit jusqu'au jardin du Luxembourg. Je me perdis un moment dans la foule en complète solitude sous le regard complice des statues qui ponctuaient les allées du jardin. J'admirai un instant la statue du marchand de masques avant de m'asseoir sur un banc. Après réflexion, le mieux que je puisse faire était que j'obtienne de Mathilde une recommandation pour mes deux collaborateurs afin de les aider à retrouver un emploi dans les plus brefs délais. Je m'en occuperai sans faute la semaine prochaine. Un des nombreux masques du marchand m'avait probablement soufflé l'idée, me dis-je. Je remontai ensuite la rue Soufflot en traînant les semelles. J'aperçus plus loin devant moi une ouaille d'étudiants s'affairer autour de la place mais l'image devenait floue au fur et à mesure que j'avançais puis finit par disparaître pour de bon. Il était le samedi, me rappelai-je. Je poursuivis ensuite jusqu'à la rue Mouffetard. Un café au lait me ferait le plus grand bien. Je touillai le café longuement, pas de cinéma ce soir. Marion allait sans doute être usée par la fatigue. Je ferai un saut chez le disquaire sur le boulevard Saint-Michel tout à l'heure en rentrant, j'y trouverai un vinyle et un film en disque compact à regarder ce soir. Il y avait un film de Jean-Luc Godard que je voulais absolument regarder, « Pierrot le Fou », Guillaume en disait le plus grand bien la semaine dernière au bureau. Je plongeai mes deux mains dans le bac à vinyles, palpai les coffrets l'un après l'autre en guise de salutations impromptues. Les Kinks, pourquoi pas ? Vers vingt-trois heures, j'entendis le bruit de la clé dans la serrure puis le grincement de l'ouverture de la porte. Marion me regarda dans les yeux et eut un léger sourire. Elle se déchaussa puis s'abandonna en longueur sur le divan. Son dos était légèrement appuyé sur ma poitrine tandis que je posai ma trempe sur sa tête :

— « Tu as dîné ? » demandai-je.

— « J'ai grignoté des chips tout à l'heure, je n'ai plus trop faim. »

— « J'ai préparé des spaghettis bolognaise, je peux réchauffer une assiette pour toi, si tu en as envie ? »

— « Ce n'est pas la peine, on regarde quel film ce soir ? »

J'avais finalement gardé mes histoires de bureau pour moi, pourquoi gâcher les rares moments avec ma compagne avec des tribulations professionnelles ? Je n'en voyais plus l'intérêt depuis ma promenade en ville.

Je me souviens de notre rupture. Le mardi matin à la première heure, je demandai une audience privée à Mathilde afin d'évoquer les recommandations en faveur de mes collaborateurs. « Faisons ça demain », répondit-elle. C'était un jour de grisaille, il pleuvait de manière sporadique. Le destin avait appelé. Le standardiste accourut vers moi, Marion venait de laisser un message. Son père, Charles, avait glissé sur le chantier entraînant une chute du 3e étage d'un immeuble en construction et avait trépassé à la suite de ses blessures. J'évoquai brièvement le sujet avec Mathilde, puis me précipitai au domicile familial de Marion où je trouvai Monique, la mère de Marion, endeuillée. Dès qu'elle m'ouvrit la porte, elle me serra fort dans ses bras et se mit à pleurer à chaudes larmes. Y avait-il quoi que ce soit que je pouvais faire afin d'aider aux préparatifs des funérailles, demandai-je. Vu l'état abîmé du cadavre, les funérailles allaient se résumer à l'enterrement prévu le jour même en fin de journée. Marion gérait en ce moment l'ensemble des détails administratifs avec les pompes funèbres tandis que Monique avait prévenu en priorité les proches pouvant se déplacer rapidement. Une vingtaine de personnes en tout s'étaient rassemblées au cimetière de Vaugirard au sud-ouest de la ville, l'air était grave et le ton solennel. Marion était restée stoïque tout au long de la cérémonie, je me tenais sur sa droite et voyais presque du dégoût dans ses yeux. Après l'enfouissement du cercueil dans le sol, j'approchai l'index de ma main gauche de la main droite de Marion. D'un geste discret mais ferme, elle écarta mon doigt puis avança vers ses proches. Le soir, je rentrai tout éreinté à notre logement. Je me servis un verre de Whisky que je bus d'un seul trait. Marion avait pris quelques jours de repos qu'elle envisageait de passer avec Monique. Pour ma part, nous avions convenu que je me rends au domicile familial de Marion chaque soir après ma journée au bureau.

Le mercredi, je m'étais rendu au bureau tard le matin, le réveil fut ardu. Comment aurais-je réagi si c'était mon père, le défunt, plutôt que Charles ? Cela faisait des années que je n'avais pas vu mon père mais la question m'obsédait fortement. L'après-midi, je m'étais penché sur quelques projets de contrats. Le département juridique avait également pour mission de baliser le terrain pour la direction commerciale en se prononçant sur les risques juridiques qu'encourrait le groupe s'il devait opérer avec un nouveau prospect. Cette tâche était délicate car elle entraînait une opinion à la fois approximative et engageante pour mon département. Ce type d'opinion ex. Ante se basait uniquement sur des informations publiques. Le département n'avait accès à des informations privilégiées qu'une fois les négociations d'un premier contrat officiellement entamées. En cas d'opinion défavorable vis-à-vis d'un prospect potentiel, la direction commerciale conservait toujours la possibilité de solliciter un arbitrage de la part de la direction générale.

Plus tard dans la journée, je m'étais précipité chez moi pour me changer et prendre une douche avant de rejoindre Marion et Monique. Je trouvai dans la boîte aux lettres une enveloppe que je n'ouvris qu'à l'intérieur de l'appartement. C'était une lettre de Marion.

Mon Cher Olivier,

Je te prie de me pardonner mais je n'ai pas de force aujourd'hui pour te confronter. Hier fut une journée éprouvante et je te dois la vérité. Tu as probablement ressenti un rejet de ma part à l'enterrement. Sache que je ne t'ai aucunement rejeté ou méprisé. J'étais, et je le suis toujours, terriblement en colère contre moi-même.

Je dois t'avouer que sur le moment même de l'annonce du décès de mon père, je n'ai ressenti aucune douleur, aucun chagrin. J'ai longuement réfléchi. Je me suis même accordée le bénéfice du doute, je me suis cherché toutes les excuses possibles. Comment expliquer que le décès de mon propre père n'eut aucun effet sur moi. Il est vrai que ces dernières années, je me suis forgé une carapace afin de me préserver de mon quotidien macabre et barbouillé de sang au service des urgences de l'hôpital. Cela fait indiscutablement partie de ma formation et j'en ai besoin pour ne pas sombrer dans l'aliénation. Néanmoins, l'indifférence cuisante face à la mort de papa représente la quintessence de l'aliénation à l'état pur. J'ai baissé ma garde alors que je côtoyais l'abysse au plus près des ténèbres nauséabondes. À force de batailler le monstre de la mort, je suis devenue un monstre à mon tour ; un cœur en pierre dépourvu d'humanité à tout le moins. Tu vas probablement penser que je suis dure avec moi-même mais ma propre personne m'horrifie au plus haut point et me plonge dans un désarroi paralysant. Mon cœur bouillonne. La colère emplit mes veines et je m'efforce de la réprimer aussitôt car capituler à ce stade serait lâche et égoïste. Dans l'agitation provoquée par l'effroi glacial, je tente de distinguer une issue salvatrice mais que faire lorsque l'édifice se lézarde ? Une voix grave et inquisitrice me sermonne sans cesse comme pour me faire avouer un terrible péché. Que faire ? Continuer d'aider mon prochain aveuglement, et après ? Je dois t'avouer que la tentation de l'ermitage dans les contrées les plus reculées me séduit mais je ne céderai pas à ce type de caprices.

Je suis dévastée. Sache que je ne peux plus vivre avec toi. Je conclus que seule la rupture a pour espoir de préparer un début de rédemption que j'espère tant. Je te demande s'il te plaît de respecter ma décision. J'ai besoin d'être seule et de temps pour me retrouver. Je passerai demain après-midi à l'appartement récupérer mes affaires, je laisserai ensuite ma clé dans la boîte aux lettres.

Marion,

Le tonnerre de Marion s'abattit impitoyablement sur moi. À mon insu, je fus levé à l'autel des sacrifices. Désormais, je ne pouvais plus la contacter. L'incompréhension céda vite la place à la colère puis enfin à un profond désespoir. Ma relation avec Marion avait duré sept années et quatre mois en tout. Graduellement et probablement entraîné par une espèce de sédentarisation que me procuraient ma vie de couple et le confort professionnel, le côté libre et sauvage qui me caractérisait se pâmait jour après jour. Ainsi, j'espérais me fondre comme un clone dans la course effrénée provoquée par la société qui nous entoure.

Advint le vendredi, j'avais encore les oreilles qui sifflaient à cause de la rupture avec Marion. Je m'étais exécuté religieusement à la tâche que m'avait confiée Mathilde en montrant tous les égards de la situation à mes deux collaborateurs déchus. J'avais également réussi à faire signer les lettres de recommandation par ma responsable entre-temps. En début de soirée, je fis le point avec Mathilde et appris dans la foulée que j'étais à mon tour licencié. Bizarrement, cette annonce ne m'atteignit pas autant que je l'imaginais. Elle s'était noyée sans fard dans le puissant courant qui m'entraînait depuis quelques jours. J'avais voulu savoir quand la décision de mon licenciement avait été réellement prise mais à quoi bon ! Une semaine plus tard, j'appris que ma responsable fut licenciée à son tour.

Depuis le départ de Marion, je passais des heures interminables à m'abreuver de télévision traitant de sujets sans dénominateur commun. Je me rendis compte que la programmation des chaînes privilégiait surtout les émissions de divertissement et l'actualité en continu. J'avais besoin de divertissement après tout. Les premiers jours de ma nouvelle vie d'oisiveté, je me réveillais mécaniquement à sept heures du matin avant d'être rappelé par l'amertume implacable de la réalité ; je n'avais plus de travail et aucune raison de me lever de si bonne heure. La perspective de rêvasser devant le téléviseur si tôt le matin m'ennuyait fortement. Néanmoins, cet exercice nourricier avait le mérite d'anesthésier ma conscience et de rendre le temps plus élastique. Tous les moyens étaient bons pour abréger la longueur des journées. La douleur de la séparation me conduisait dans bien des labyrinthes où je marchais inlassablement à l'affût d'une quelconque mémoire de la douceur des moments passés avec Marion. La moindre odeur, ou effleurement, amplifiait démesurément une forme de chaleur réconfortante et de déjà-vu sensuel. La nuit, je perdais systématiquement le sommeil, mon cerveau s'était avéré incapable de briser le piège infusé par l'angoisse de l'absence de l'être et du corps désirés. Tel un supplicié, mon poids fondait jour après jour et je sombrais dans la procrastination, paralysé de l'esprit. Je restais des jours entiers sans mettre pied dehors. Mon régime alimentaire se satisfaisait d'eau fraîche et de piètres friandises çà et là.

Je finis enfin par sortir de chez moi, je devais rencontrer un spécialiste en recrutement des cadres pour les plus prestigieuses multinationales auquel j'avais transmis mon curriculum vitæ par courrier quelques semaines auparavant. C'était mon premier périple après l'écroulement du monde que je croyais acquis pour l'éternité. Une fois sur place, j'eus droit à un badge sur lequel était inscrit mon nom et à un café, le tout gracieusement agrémenté d'une attente d'une heure avant d'être enfin reçu par le recruteur magnanime. Tout était mis en scène pour vénérer ce gourou du recrutement. Du costume aux couleurs blanc beige en passant par la carte de visite à l'écriture dorée jusqu'aux interminables palabres égocentriques encensant un monde en exponentielle évolution. Seuls les plus méritants pouvaient espérer le sésame de l'abondance matérielle. La dévotion était l'unique vertu recherchée, l'esprit critique le sacrilège ultime dans ce temple de la réussite. Quand advint enfin le moment fatidique de présentation du candidat que j'étais, le recruteur se rendit brusquement compte que j'avais travaillé pour le grand groupe industriel en difficulté. Il feignit d'abord la surprise comme si je ne l'avais point mentionné dans mon dossier de candidature qu'il n'avait vraisemblablement pas examiné, puis m'encouragea vivement à reprendre contact avec lui d'ici au maximum trois mois.

En définitive, toutes mes recherches d'emploi avaient échoué car j'étais systématiquement exclu du fait de mon association implicite à la plus célèbre déroute industrielle en France, à l'écroulement d'un joyau incontesté de l'industrie nationale. J'avais en effet officié au cœur même du département juridique et financier qui avait vu naître la terrible machination contre le sacro-saint mastodonte déchu. Il faut souligner que les prédatrices récupérations médiatiques et politiques de toutes parts ne m'avaient point aidé dans mes démarches. Tous les jours ou presque, des figures publiques jubilaient à se déchaîner sur cette affaire dans les émissions de télévision et de radio. Au point que je revins presque à poser un regard opportuniste, non sans amertume, sur le témoignage de solidarité qu'éprouvaient mes concitoyens contribuables à mon égard en ces temps difficiles.

Je décidai de briser mon ermitage de nouveau, après plusieurs jours de délassement dans mon petit studio. Je vivais toujours cet isolement oisif selon deux cycles bien réglés. Le premier doux et creux où mon esprit restait bloqué dans une sorte de dimension quasi intemporelle, en dehors des réminiscences du passé, des vérités du présent et du devisement de l'avenir. Le second surplombait le précipice de l'anxiété et charriait une sensation crescendo de suffocation face à l'urgence de l'action et au trouble de la solitude. La transition entre les deux cycles était habituellement brutale et capricieuse sans signe précurseur. J'allai errer dans Paris à l'affût d'un brin de fraîcheur sociale, nécessaire à l'annihilation du sentiment de suffocation qui me cernait de toutes parts. L'homme étant un animal sociable, mon cas ne dérogeait pas à cette maxime immuable. Les salles de cinéma m'avaient généralement prodigué le nécessaire remède à cet état de suffocation.

Les balades sur les quais procuraient également un sentiment bien étrange, comme si les quais représentaient une marge imperceptible entre deux mondes, peut-être même une sorte de passage vers le fleuve de la seine. Fleuve apprivoisé que le funambule que j'étais toisait du haut d'un fil mince. Ce jour-là, je m'étais laissé glisser en rêvassant le long du quai, une image de corde tendue sous le poids de la rupture encore fraîche, une lame me forçait à délirer. Je croupis sous la fièvre battante, écrasé par la brise brûlante. La blessure, le cœur panse, sans doute je louai le remède de la ronce. Dans la douceur des nuits de mélancolie, étrange un sentiment me saisit. Peu à peu dissipé par la fraîcheur du quai qui traverse la vie.

Je m'en allai encaisser un ticket gagnant de 20 francs d'un jeu de grattage quelconque dans un bureau de tabac à Châtelet. N'étant pas particulièrement friand des jeux de hasard, j'avais reçu en guise de cadeau d'anniversaire, cinq mois auparavant, un ticket à gratter de la part d'une ancienne camarade de faculté. Celle-ci me fit d'abord promettre de partager les gains potentiels pourvu qu'ils soient supérieurs à 250 francs. Cette expérience pour le moins cocasse m'avait amusé sur le moment mais l'idée de récupérer mon dû m'avait aussitôt refroidi. Je m'étais présenté au comptoir du grand bistrot de la rue Pierre Lescot qui sert également de bureau de tabac. Celui-ci était une véritable plateforme de commerce de biens tant matériels qu'immatériels, tenu d'une poigne de fer par un quadra paré d'une massive chaîne en or. On se croirait dans un marché de tulipes à la criée dans le vieux port d'Avignon du quinzième siècle. Je m'étais frayé tant bien que mal un chemin jusqu'à la caisse, passant presque inaperçu dans l'agitation de la foule. Le gérant me proposa avec un aplomb mécanique si je souhaitais encaisser mon gain en argent ou en nouveaux tickets de jeux. La question du patron provoqua un rire nerveux de ma part. Quelle décision prendre face à une situation d'une violence aussi prodigieuse, une machine bien rodée. D'abord pris d'étourdissement dans le vacarme ambiant, je demandai courtoisement un nouveau ticket de jeux que je déchirai soigneusement sur le chemin du retour.

Une sensation de feu emplit mon sang. Elle portait un désir sans limites, une nausée indescriptible. Aspiré par le sentiment du néant et pressé de fuir mon destin, je demandai tantôt des ailes, tantôt une tombe douillette. Quel chemin choisir. Tragique ou cynique, une troisième voie est-elle possible ? Il était loin le temps de l'insouciance de l'enfance, de la splendeur des baobabs et de la brise qui vient de l'ouest.

2

Mon père était chargé de mission à l'ambassade de France au Sénégal et ma mère était psychologue pour enfants. J'étais fils unique, né à Dakar. J'avais gardé de mon enfance le souvenir nostalgique de percussions intemporelles bercées dans l'enchantement de la Teranga. Mon quotidien d'enfant était rythmé par mes obligations scolaires et activités sportives le mercredi après-midi. Chaque matin, le rituel était le même, une boucle infinie. Ma mère me conduisait en voiture à l'école des maristes puis me récupérerait à la fin des cours. Elle officiait à l'hôpital principal de Dakar où ses consultations étaient concentrées le mercredi après-midi et les matinées des autres jours en semaine. Elle travaillait parfois le samedi, l'après-midi principalement mais peu fréquemment. Nous habitions une ancienne villa à la toiture en tuiles d'argile et à la façade blanche au quartier des almadies. Face à la mer, la maison centrale est bâtie sur deux niveaux avec de hauts plafonds. Les chambres étaient toutes situées au premier étage au-dessous des combles. Au rez-de-chaussée, le salon était prolongé par une pergola communiquant avec le jardin gazonné et bordé de palmiers à huile. À la fin de la saison sèche, aux mois de mai et juin, j'aimais marcher pieds nus sur le gazon tondu de façon rase. Une délicieuse sensation de chaleur montait doucement le long de mes jambes et chatouillait tout mon corps. Du jardin, on pouvait respirer la fraîcheur de l'air marin. On pouvait également entendre le doux bruit des vagues au milieu des blanches écumes lacérer le littoral sablonneux de la presqu'île du Cap-Vert. Le ciel semblait s'en réjouir. L'ambiance aux maristes bouillonnait d'énergie de tous horizons. À chaque rentrée scolaire, de nouveaux élèves rejoignaient les classes tandis que d'autres s'envolaient pour d'autres contrées. Les fêtes de fin d'année réinitialisaient un paradigme presque constitutionnel en marquant définitivement le départ à la fois triste et festif de certains de nos camarades, saluant en même temps les joies à venir de connaître les prochains arrivants.

Karim Ndao, Dakarois jusqu'à la moelle, était fidèle au poste. Contrairement à moi, il naviguait nettement mieux dans l'altérité fugace de notre école, si bien qu'à notre table à la cantine scolaire il y avait souvent des élèves que je connaissais de vue uniquement. Il était d'un ton blagueur, avenant et spontané. Ce qui lui avait valu le sobriquet de *Chef.* À l'école, je fus rapidement reconnu comme l'ami proche de Karim. À ce titre, j'étais systématiquement convié aux mêmes fêtes d'anniversaire et parties de football. Les réunions pour les matchs de foot se déroulaient selon la même routine. Dans un premier temps, nous courrions tous azimuts sur le terrain avec les autres participants. C'était la phase d'échauffement accompagnée d'une série de mouvements et d'exercices. Montées de genoux, trot avec moulinet de bras avant puis arrière, accélération progressive et marche arrière rapide. Certains sautaient les étapes et tapaient ab initio sur le ballon. Ensuite advenait la phase de sélection des deux équipes. Tous les joueurs s'agglutinaient naturellement autour de Karim et de l'autre capitaine. Face à la joie du jeu imminent, certains bavardaient tranquillement tandis que d'autres profitaient de cette accalmie pour renouer leurs lacets et fixer leurs chaussures. J'avais le privilège d'être sélectionné d'office dans l'équipe de Karim sans être appelé. Tout le monde en était conscient et cela ne dérangeait point. D'autres avaient des préférences pour la première ou deuxième équipe mais s'inclinaient sans discuter devant le tri effectué par les deux capitaines. Une fois, nous nous étions retrouvés en nombre impair. C'était un mercredi après-midi à l'école. Il faisait beau, le ciel était d'un bleu immaculé et étincelant. Un des élèves s'est trouvé de facto écarté de la sélection après la fin de la constitution des deux équipes. Il s'apprêtait à rejoindre un autre terrain quand je lui signifiai de jouer à ma place. Il était soulagé par mon offre car le processus de sélection s'opérait presque simultanément sur l'ensemble des terrains, ce qui réduisait ses chances d'intégrer une équipe ailleurs. Il me remercia chaleureusement. Je vis une expression médusée sur le visage de Karim. Je sortis mon baladeur à cassettes, repris la musique où elle s'était arrêtée la dernière fois et ajustai doucement les écouteurs au niveau de mes oreilles. J'écoutais « Wonderful life » interprété par Black. J'allai ensuite me promener dans la cour et les allées devant les classes. Les salles étaient vides, je m'autorisai à égrener à voix haute quelques paroles. *No need to run and hide, It's a wonderful, wonderful life, The sun's in your eyes*... J'entrevis dans une des salles inoccupées deux élèves s'embrasser langoureusement. Le garçon était de dos et enlaçait délicatement sa copine. Je la reconnus immédiatement. Elle était plus âgée que moi. Collégienne, je la voyais parfois à la cantine. Elle caressait en même temps la nuque de son copain avec finesse. Elle jeta un regard furtif sur moi puis fit comme si de rien n'était. Je déguerpis aussitôt vers d'autres endroits de l'établissement. Depuis, à chaque fois que nous nous croisions, elle me saluait d'un sourire affectueux et bienveillant.

Nous étions avec les Ndao parmi les premiers à nous installer dans notre rue. Autant que je m'en souvienne, les Ndao furent toujours les amis de la famille de sorte que nous étions régulièrement invités à dîner chez eux le samedi soir et inversement. La maison des Ndao dont la construction plus récente était d'un style résolument moderne. J'appris aussi plus tard que nos pères se connaissaient bien avant que nous devenions voisins. Le samedi après-midi, je me prélassais dans la pergola sous la toiture en Quisqualier et Bougainvillier blanc. Je feuilletais quelques numéros de mes bandes dessinées préférées. Karim se joignait à moi parfois. J'affectionnais particulièrement les séries de Tintin et de Lucky Luke. En fin d'après-midi et s'il ne pleuvait pas avec vigueur, nous rejoignions d'autres voisins et amis de Karim pour une partie de foot. En ce qui me concernait, je n'étais pas particulièrement doué au jeu mais j'appréciais son atmosphère ludique. Le dimanche, mes parents m'emmenaient déjeuner à l'institut français de Dakar lorsque la pluie ne désemparait pas ou dans le petit village de pêcheurs de Toubab Dialao. Je profitais des sorties dominicales à Toubab Dialao pour me baigner quelques instants entre les repas et au moment du café digestif. Je me faufilais jusqu'à la mer entre les pirogues multicolores nonchalamment entreposées sur le sable blanc de la plage clairsemée de roches granitiques. Je discutais de brefs instants sur mon chemin avec les pêcheurs occupés à préparer leurs filets. Ils m'interpellaient avec beaucoup de courtoisie et d'entrain, le plus souvent sur mon âge, mes origines et mon ressenti par rapport au Sénégal et à son peuple. Nombreux étaient surpris d'apprendre que j'avais vu le jour à Dakar. Bien que je sois né dans le pays, je pris conscience d'un étrange sentiment d'aliénation d'autant plus que je balbutiais à peine quelques rudiments en wolof.

Karim déclamait nombre contes et aventures sur la médina de Dakar. Il avait visité toutes sortes de ruelles colorées et enchevêtrées. Il racontait le marché Soumbédioune avec une précision imagée comme s'il jouait avec une flûte enchantée. J'étais transporté parmi les enfants qui couraient au milieu des arrivages de poisson et subjugué par le regard ensorcelé des masques de démons en bois. En un jour de samedi, peu de temps après le déjeuner alors que ma mère s'apprêtait à regagner son travail, je fomentais secrètement le projet d'aller voir la médina de mes propres yeux. Je n'arrivais plus à endiguer les crues de ma curiosité. Ma décision était impulsive et spontanée. Mon père était absent quelques jours. Il était en déplacement professionnel en Gambie, pays bordé par le Sénégal auquel il se rendait régulièrement à raison d'une fois par trimestre car le pays ne disposait pas de représentation diplomatique. Je savais que le chemin était long mais extrêmement simple à suivre car il suffisait de longer la route de la corniche jusqu'au marché, une ligne droite. J'entamai donc mon périple quelques minutes à peine après le départ de ma mère vers l'hôpital. Je disposais de cinq heures avant son retour à la maison, suffisamment pour découvrir la médina si je marchais au pas de course. Le soleil tapait fort ce jour-là, je pressais le pas autant que je le pouvais. Je m'étais brièvement arrêté au pied des collines de Ouakam, bus une gorgée d'eau de la petite gourde de vélo que j'avais pris soin de remplir à la maison et que je tenais fermement de la main droite. Je poursuivis le long de la corniche à travers le quartier de Mermoz puis celui de Fann avant de gagner le port de Soumbédioune au bout de deux heures de marche. Les pécheurs n'étaient pas encore rentrés au port à cette heure-ci de la journée. Je fis halte quelques minutes pour reprendre des forces et bus d'un trait l'eau qui restait dans la gourde. Je remontai ensuite en direction du cœur vivant de la médina au milieu des odeurs délicieuses, des nombreuses dibiteries du quartier et de la cohue dans les ruelles parsemées d'ateliers et de boutiques de toutes tailles. On y voyait toutes sortes de babioles, j'étais resté un moment ébahi devant un étalage exhibant un ensemble de sept masques en bois. Le commerçant amusé par l'expression éberluée sur mon visage m'apprit que les masques représentaient les sept jours de la semaine et me permit même de les toucher. Je continuai de vagabonder dans le labyrinthe des ruelles entre les paisibles troupeaux de béliers et de brebis. Une dame qui lavait du linge à la porte d'une vieille maison engagea la discussion avec moi. Elle m'a d'abord posé quelques questions d'usage. Elle cherchait avant tout à comprendre ce que je faisais seul dans le quartier. Elle m'offrit aussitôt un verre d'eau puis me prit la main en m'enjoignant de la suivre. Je n'ai pas cherché à résister. Nous nous dirigeâmes ensuite à la hâte vers la gare routière de Petersen à une dizaine de minutes à pied de la médina. Une flotte d'autobus de couleur bleue et jaune y stationnait. Les autobus étaient également abondamment décorés avec des motifs en forme de fleurs et de fruits. J'appris sur notre chemin que faute de puits dans la médina, la dame devait s'approvisionner en eau une fois par jour à plusieurs centaines de mètres de son domicile et que la bassine une fois remplie était extrêmement pénible à porter. Le fils de la dame conduisait un de ces autobus bleu et jaune. Il allait gracieusement me déposer à Ngor. De Ngor, je pouvais regagner chez moi en moins d'une demi-heure de marche. Je connaissais Ngor du fait qu'elle se trouvait sur le trajet de l'école que j'empruntais quotidiennement en voiture.

À mon retour à la maison, je trouvai ma mère dans le salon. Elle avait le teint blafard, les yeux rouges et hagards. Je l'avais à peine aperçu dans cet état que j'annonçai illico que j'avais fait une balade de mon plein gré dans la médina et que je me portais très bien. Elle m'avait serré un long moment dans ses bras puis courut prévenir les Ndao. Le père de Karim était à ma recherche dans toute la ville. Après cette balade improvisée, je devais m'astreindre chez les Ndao les rares fois où travaillait ma mère le samedi. De plus, le champ des escapades dominicales s'était élargi à toute la ville et sa région. Nous profitions également des vacances scolaires pour visiter d'autres endroits du Sénégal, les îles de Saint Louis et de Karabane, la région de Kédougou ainsi que les sites de Djouj et de Wanar.

Mon père était régulièrement absent. Il était totalement absorbé par son engagement professionnel à l'ambassade de France. J'avais neuf ans quand je l'avais accompagné pour la première fois en Gambie dans le cadre de son travail. Nous avions fait le trajet aller-retour de Dakar à Banjul en voiture, un gros véhicule tout-terrain d'apparence désuète. Nous avions pris la route en direction de la ville de Karang dans le sud-ouest du Sénégal. C'était en début de matinée, il faisait déjà humide et chaud. Je suffoquais presque dans l'habitacle, la sueur me collait à la peau. Les vitres avant étaient ouvertes à mi-hauteur, ce qui amplifiait le bruit à l'intérieur mais pas au point de devenir assourdissant. Mon père inséra l'album « Éternel… » de Joe Dassin dans le lecteur cassette et augmenta le son pour atténuer le bruit ambiant. Je l'écoutais chantonner quelques paroles du titre « L'Amérique » *J'abandonne sur mon chemin, tant de choses que j'aimais bien, mes amis, je vous dis adieu. L'Amérique, je veux l'avoir et je l'aurai…* Il portait des lunettes de soleil contre l'éblouissement et avait aussi baissé le pare-soleil en face de mon siège. Il tenait le volant de la main gauche, le coude entreposé sur le rebord de la portière et avait la main droite sur le levier de vitesse. La route était longue et défraîchie. Il eût fallu un peu plus de trois heures pour venir à bout des deux cents kilomètres séparant Dakar de Kaolack. Pour ce faire, nous avions traversé une kyrielle de bourgades reconnaissables à quelques commerces et marchés le long de la route nationale traversant le littoral sud-ouest. On voyait quelques arbres émerger du sol pulvérulent, des chaises blanches plastifiées délimitaient les devantures des commerces. Je faisais une fixation sur le compteur de vitesse, l'aiguille ne dépassait jamais les quatre-vingt-dix kilomètres-heure alors que le cadran affichait un maximum de cent quarante. Nous nous étions ensuite embourbés à partir de M'bour à l'intérieur du pays au milieu des paysages arides du centre ouest jusqu'à Kaolack. Passé la ville de M'bour, il y avait considérablement moins de trafic à cette heure-ci de la journée. Mon père baissa soudainement le son du lecteur cassette, remonta les vitres presque en entier puis mit en marche le ventilateur de l'habitacle. Il tenait le volant des deux mains et avait l'air plus concentré qu'avant. Cette fois-ci, l'aiguille du compteur de vitesse frôlait les cent dix kilomètres-heure. Une fois arrivés à Kaolack, nous fîmes une courte pause le temps de remettre de l'essence et d'engloutir nos sandwiches. Mon père se servit ensuite du café à partir de sa gourde isotherme qu'il but en quelques minutes avant de reprendre la route en direction de Karang. Le trajet de Kaolack à Karang avait duré deux bonnes heures, quelques tronçons de piste vers Sokone nous avaient contraints de nettement ralentir. Karang abritait les services de douane du côté sénégalais et on y voyait toute une foule de personnes proposer les formulaires administratifs à remplir pour le passage de la frontière. Des flots de gens à profusion se déplaçaient pêle-mêle à la fois en provenance et en direction de la frontière. Certains préféraient marcher ou s'agrippaient sur les plateaux de charrettes tandis que d'autres étaient en voiture ou en bus. Les coups de klaxon des véhicules entassés dans la route à la fois étriquée et galvaudée fusaient de partout. Certains piétons s'improvisaient agents de circulation et criaient des instructions de loin. Nous nous étions frayé un chemin jusqu'au poste-frontière où des militaires sénégalais et gambiens étaient postés chacun sur son territoire. Nous passâmes ensuite la frontière vers Amdallai du côté gambien sans encombre grâce à la plaque d'immatriculation et passeport diplomatiques. Nous poursuivîmes la route jusqu'à Barra où nous avions emprunté un ferry pour la traversée du fleuve Gambie jusqu'à Banjul, la capitale du pays. Il était quatre heures de l'après-midi lorsque nous arrivâmes chez Robert, l'ami de mon père dans la capitale gambienne.

Robert vivait avec sa compagne Alice à Fajara, une banlieue côtière de Banjul. Je ne les connaissais pas vraiment et ne les voyais jamais à la maison à Dakar. Robert était affable et bien constitué. Il me serrait toujours avec force dans ses bras en demandant des nouvelles de ma mère. Il me posait mille et une questions sur ma vie à Dakar, ma scolarité, mes camarades de classe, les sports que je pratiquais, le métier que j'aimerais faire adulte, si j'aimais bien Paris, etc. Je devinais aussi une certaine complicité avec mon père. Lorsqu'ils se saluaient, les deux compères riaient à gorge déployée d'un bruit strident et se tapotaient l'épaule mutuellement. Après avoir garé le véhicule tout-terrain dans le garage de nos hôtes, mon père ouvrit le coffre et saisit son sac de travail. C'était une sacoche bandoulière en cuir de couleur marron. Il me tendit aussi mon sac à dos dans lequel j'avais empaqueté une serviette, ma trousse de toilette, un short de bain et quelques vêtements pour la nuit. Il s'installa sur le siège avant passager du véhicule conduit par Robert. « On sera de retour le soir, repose-toi bien », me lança mon père avant de disparaître dans les quartiers de Banjul avec Robert. Alice me prit par la main puis me conduisit à l'intérieur de la demeure. « Tu es chez toi ici », me dit-elle sur un ton affectueux puis me servit de la citronnade. Il y avait dans le jardin une maison d'amis, une sorte de cottage. Elle me fit signe d'y aller et rajouta « Pose tes affaires et prépare-toi. On va se baigner. Tu préfères la piscine ou la mer ? ». La mer, répliquai-je. Le jardin donnait directement sur une plage déserte. On y voyait une poignée de personnes à peine marcher sur le sable fin et se baigner dans l'eau bleuâtre et miroitante, ils se comptaient sur les doigts d'une main. Alice apparut au bout d'un quart d'heure affublée d'une chemise en lin blanche et transparente par-dessus un maillot de bain noir deux pièces. Elle portait un canotier entouré d'une bande de couleur beige. Le ciel était d'une clarté immaculée et le vent paisible. De son sac vert pastel cellophané, elle sortit deux serviettes qu'elle entreposa délicatement l'une à côté de l'autre sur le sable blanc ainsi qu'un magazine. Elle appliqua ensuite de la crème solaire sur mes épaules et sur mon dos. Elle inclina subitement la tête vers la gauche, esquissa un sourire furtif puis m'embrassa sur la joue droite « Tu peux y aller maintenant ». Alice était de grande taille et avait les cheveux châtains, courts et lisses. Elle avait le teint clair et des taches brunes sur les bras. L'eau était un brin fraîche et la marée basse à cette heure de fin d'après-midi. Je m'étais laissé bercer par les petites vagues dont les va-et-vient clapotaient délicieusement à mes oreilles. J'avais pour consigne de ne pas m'aventurer à distance du bord de l'eau et je m'y tins scrupuleusement. Je vis des algues verdâtres en petite quantité à fleur d'eau que j'écartai d'un coup sec de la main. Je m'exerçai un moment à la brasse, il faut dire que je suivais des cours de natation à la piscine du stade Deggo à Dakar mais mon niveau ne me permettait pas encore d'apprendre sérieusement le crawl. J'avais rejoint le rivage au bout d'une demi-heure de divagation avant de m'allonger nonchalamment sur la serviette bleu foncé mise gracieusement à disposition par mon hôte. Je demandai à Alice si elle comptait se baigner, elle répondit sur un ton de plaisanterie qu'elle disposait de toute la vie pour en profiter. Alors que je séchais patiemment sous le soleil de plus en plus fade, Alice l'air rêveur me demanda brusquement :

— « Tu as déjà visité la Normandie ? »

— « Mon grand-père parlait tout le temps de Normandie. Je ne me rappelle pas bien mais nous lui rendions régulièrement visite au Havre pendant les vacances d'été », répliquai-je.

— « Pourquoi vous avez arrêté ? »

— « Il nous a quittés il y a trois ans, si mes souvenirs sont bons. »

— « Et ta grand-mère ? »

— « Je ne l'ai jamais connu, elle était déjà morte quand je suis né. »

Elle me prit la main et répondit « Je comprends. Au fait, je suis Normande moi aussi, j'ai grandi à Caen et ça me manque tellement. Je te ferai déguster du Neufchâtel tout à l'heure ». Elle se tut un moment avant de rajouter « Le coucher de soleil est magique ici, tu verras ».

Robert et mon père étaient rentrés en tout début de soirée. Mon père avait la chemise trempée de sueur, le teint pâle et les cheveux gras. Il faut dire que la journée de travail fut longue depuis le réveil matinal à Dakar. Robert enlaça Alice puis cria « On a faim » accompagné du rire tonitruant qui le caractérisait tant. Tout le monde s'accorda un moment de répit. Mon père s'enferma dans le cottage le temps de prendre une douche, de se changer et de régler quelques affaires tandis qu'Alice s'affairait dans la cuisine. Nous nous étions tous retrouvés dans le salon plus tard, il était l'heure du journal télévisé sur TF1. Une imposante antenne parabolique blanc gris sur le toit de la villa permettait de suivre toutes les chaînes télévisées françaises. À ce titre, le journal de vingt heures était un rituel ici. Ce soir, il était question de l'accueil prévu à Paris du Premier ministre de l'île de Grenade, Maurice Bishop. Ce qui ne manquait pas de surprendre Robert :

— « Ils doivent s'ennuyer à l'Élysée pour décider de recevoir le chef d'État d'une petite île à mille lieues de l'hexagone. Vous vous rendez compte ? Le bonhomme est communiste en plus. »

— « Mais non ! Il y a plus radical que lui », affirma mon père.

— « Je pense que des gens comme lui nuisent aux affaires. Le droit de propriété est un droit naturel de l'Homme, tout comme la liberté. Qui peut être contre la liberté ? »

— « La propriété collective est la seule propriété juste », rétorqua Alice.

— « Tu veux travailler à l'usine ? Je t'offre une vie de rêve ici. C'est concret, c'est réel. »

— « Tu exagères un peu chéri, mes rêves ne t'appartiennent pas. Le dîner doit être prêt maintenant, tout le monde à table. »

Alice se dirigea vers la cuisine tandis que nous nous installions sur la terrasse du jardin abritant une grande table blanche en plastique. Robert pestait contre la profusion de commentaires politiques à la télévision française. Il ouvrit une bouteille de vin blanc, fit goûter une petite dose à mon père qui approuva sans une nuance d'hésitation puis servit trois grands verres. De la table, on pouvait apercevoir la partie haute de la plage alors que la mer disparaissait complètement dans l'obscurité ce soir-là. J'étais obnubilé par le bruit des vagues surgissant du noir absolu, cela me chatouillait. La terrasse était éclairée par une lampe en verre opalescent accrochée au mur, juste au-dessus de la porte d'accès au jardin. Une escadre de papillons de nuit s'agitait à proximité de la lampe. En guise d'entrée, Alice avait préparé une salade verte à la sauce vinaigrette balsamique, à base de laitue, tomates, radis et concombres. Elle servit ensuite des filets de sole brûlée aux asperges. Mon père remercia Alice puis jeta un regard fugace et ferme sur moi, je la remerciai aussitôt. Alice me demanda :

— « Ça te plaît ? »

— « C'est très bon », acquiesçai-je.

— « Attends de goûter le fromage au dessert. Le meilleur pour la fin. »

Après le dessert et le café, Robert se précipita en direction du salon en se frottant les mains. Il apparut une bouteille de Brandy à la main, tel un trophée. À bout de forces, je me frottais les yeux lorsque Robert l'air amusé me dit « le marchand de sable est passé ». Je pris mon assiette et les couverts afin de les déposer à la cuisine puis m'excusai de devoir quitter la table si tôt. Sur le chemin de la petite maison d'amis, j'entendis Robert reprendre la discussion agrémentée de rires épars et aigus. Je mis mon pyjama, me brossai les dents puis regagnai ma chambre. Je déployai la moustiquaire fixée sur le plafond à l'aide d'un crochet et la laissai recouvrir tout le lit. Le bruit des vagues résonnait encore en moi jusqu'aux derniers instants avant de retrouver le sommeil.

J'appris quelques années après mon premier séjour à Banjul que Robert détenait une grande exploitation forestière à Jarra au centre de la Gambie sur la rive sud. Le bois de l'exploitation était charrié par voie fluviale jusqu'au port de Banjul avant d'être exporté en Europe. Robert et son associé gambien avaient également des visées sur la concession du port. Il s'installa en Gambie peu de temps après l'accession du pays à l'indépendance. Il rencontra Alice pour la première fois à Caen lors d'une fête de fin d'année organisée par un ami commun du couple. Cela faisait deux années qu'Alice avait rejoint Robert à Banjul. Elle avait tout plaqué, délaissant sa vie en France du jour au lendemain pour se tourner vers de nouveaux horizons. Tôt le matin le lendemain, pendant que j'avalais hâtivement un croissant et un jus d'orange en terrasse, Alice s'était rapprochée de ma chaise et avait plongé la main dans mes cheveux touffus. Elle luttait contre une mèche rebelle du matin sur ma tête puis me dit « tu reviendras me voir, n'est-ce pas ? » Je ralliai ensuite la voiture, le moteur était déjà en marche et mon père n'attendait plus que moi pour entamer le chemin du retour à Dakar.

Je rendis visite à Robert et Alice deux fois encore, toujours accompagné de mon père en déplacement à Banjul. J'avais douze ans à la dernière visite et ne les avais plus revus depuis. Je n'avais aucune nouvelle non plus. Hormis les rares fois lorsque je l'accompagnais à Banjul, mon père se montrait discret sur la nature de son travail. Nos chemins se toisaient sans véritablement se croiser. Le baccalauréat en poche, je m'étais retrouvé à l'université à Paris. Tout s'était enchaîné de manière canonique, les études de droit puis la rencontre avec Marion.

3

Les années de faculté m'avaient laissé un doux souvenir habité par les courtes aventures complices en compagnie de Marion. Les transgressions à deux avaient achevé de sceller notre relation.

Je me souviens encore de notre première rencontre. C'était un jour au mois de septembre en fin d'après-midi et je débarquais à peine à la faculté de droit. Je descendais doucement la rue Soufflot en direction de la bibliothèque, en sortant de l'amphithéâtre. Je m'arrêtai subitement à l'angle de la rue Victor Cousin car je me rendis compte que j'avais une faim de loup. Le cours magistral de l'après-midi avait nécessité beaucoup de concentration. Il portait sur le droit constitutionnel et j'absorbais avec peine les notions clés de l'organisation politique de la société qui dictent la relation entre l'état et les gouvernés. J'avais pris des notes pêle-mêle mais sans grande conviction, car le déroulé manquait de structure explicite pour le novice que j'étais. Pressé par une envie de gastronomie grecque, je m'apprêtais à rebrousser chemin en direction de la rue Mouffetard avec l'espoir d'y trouver un restaurant où me procurer des Medzes ou un Pita gyros. Peu importe, je choisirai sur-place pourvu que les mets y soient bons et abordables. J'aperçus alors une jeune étudiante, probablement de première ou de deuxième année. Elle remontait au pas de course la rue où je me trouvais, du même côté. Elle pourrait me conseiller un restaurant grec dans le quartier, me dis-je. Je m'approchai en m'excusant de la déranger, je n'avais pas encore fini ma question lorsqu'elle m'interrompit sèchement, « Je dois aller à la bibliothèque ! » avant de s'engager sur la rue Victor Cousin. Elle avait les yeux humides et le regard déterminé. Je devinais par le biais des inscriptions sur son sac bandoulière qu'elle étudiait la médecine à l'université que je fréquentais depuis peu. Il n'était pas commun de voir des étudiants en médecine à la bibliothèque interuniversitaire car leur campus à quelques encablures en bas de la rue disposait d'un espace dédié avec des ouvrages spécialisés. Il y avait une telle force dans son regard qu'il continua à m'habiter plusieurs minutes pendant que je remontais la rue, hypnotisé, vers la place du panthéon. Je ne réussis à m'en défaire qu'au niveau de l'église Saint-Étienne-du-Mont. Je l'avais revu une deuxième fois au bout d'une semaine à la bibliothèque, elle était assise à l'extrémité d'une des nombreuses tables latérales de la salle de lecture au niveau de la section médecine et pharmacie. J'étais installé en face d'elle à la table adjacente et j'admirais paisiblement le joli plafond ainsi que les murs fleuris. Je l'avais tout de suite reconnu, elle était plongée dans ses notes, le regard apaisé cette fois-ci. Je l'observais depuis un moment déjà lorsqu'elle leva subitement les yeux. Nos regards s'étaient croisés, j'improvisai un sourire austère mais elle fronça aussitôt les sourcils puis replongea dans ses notes. Quel est son prénom ? M'avait-elle au moins reconnu ? Je n'en savais rien mais il était grand temps pour moi de retrouver mes propres notes.

Plus les jours passaient et plus je regrettais de ne pas m'être présenté ce jour-là à la bibliothèque. En même temps, que pouvais-je réellement lui dire, ma marge de manœuvre était clairement très limitée. Bonjour, je suis l'inconnu qui priait désespérément pour un restaurant grec ? D'autant plus que le cadre studieux de la salle de lecture n'était pas propice non plus, j'allais probablement l'ennuyer par-dessus tout. J'étais transpercé par les remords des heures durant, il fallait absolument que je rattrape mes velléités pusillanimes. Les jours passèrent et nous nous étions plus recroisés depuis le bref regard volé à la bibliothèque. Je continuais d'absorber mes cours, cette beuverie académique qui forgeait supposément une sorte d'agilité cérébrale. Agilité ou leurre ? Le résultat était le même, donc nul besoin de s'encombrer d'une explication juste. J'appris par la suite que les étudiants en médecine suivaient tous un tronc commun en première année, si j'assistais à un de ces cours, peut-être que je la reverrais. Ma présence au grand amphi ne dérangerait personne, j'agirai en toute discrétion et me mouvrai dans la foule et ses codes le temps d'une aventure, d'un caprice. J'échafaudais mon plan au fil des jours, j'avais appelé l'opération *La Flèche d'Hippocrate*. Il me fallait néanmoins exécuter un premier essai de repérage avant le jour J, ce qui je fis d'ailleurs sans encombre. Nulle place possible à l'improvisation. Le nombre était de mon côté ainsi que la signalisation claire et abondante, et la marée étudiante disciplinée. Maintenant que tout était réglé, je devais choisir une date pour exécuter ma fougueuse opération, le créneau juste. Je me souvenais avec clarté du jour de notre première entrevue sur le trottoir le long de la rue Soufflot, c'était un mercredi et la deuxième fois un mardi. J'étais donc presque assuré qu'elle avait classe l'après-midi du mardi et du mercredi. J'avais le choix a priori, néanmoins, je pouvais moins me permettre de sécher le cours de droit constitutionnel le mercredi. Le mardi m'arrangeait mieux car la professeure de l'histoire du droit distribuait un polycopié à la fin du cours. Je demanderais à un camarade de classe de récupérer un exemplaire en plus et le tour est joué. Le lundi soir, alors que je révisais mes notes en toute quiétude dans mon logement étudiant, je me projetai subitement dans l'amphithéâtre le lendemain. Et si je ne la retrouvais pas ? J'avais consenti du temps et beaucoup de résolution, j'aurais échoué et serais déçu, me dis-je. Je refuse cette banale fatalité. Combien même j'échouerais, il y aurait forcément une lueur d'espoir, un sens à tout ce micmac. Je pointai le mardi, affublé d'un tablier blanc, à quatorze heures à l'amphithéâtre du cours des premières années au campus situé sur le Boulevard de l'Hôpital. Je m'étais assis à la dernière rangée du haut de la grande salle en repérage, car je pouvais mieux observer la foule. Il y avait assurément beaucoup de monde. Les étudiants ne prêtèrent point attention à moi, mon voisin me demanda si je disposais d'un deuxième stylo à lui prêter. Le sien allait bientôt rendre l'âme. Je sortis un cahier de mon sac puis commençai à prendre des notes. C'était un cours d'introduction à l'anatomie. J'observais la classe en même temps que je notais les éléments constitutifs des articulations cartilagineuses, je ne la voyais nulle part. Néanmoins, j'avais intégré ce scénario au préalable et cette tournure ne m'atteignait plus. Il était bientôt l'heure de la pause lorsque je l'avais enfin aperçu sur une rangée plus bas au milieu de la salle environ. Une décharge d'adrénaline m'emplit immédiatement ! Je profiterai de la pause pour changer de place et me mettre à son voisinage. Les dix minutes de pause écoulées, je rentrai dans l'amphi dès le premier courant d'étudiants et choisis soigneusement ma place. Le professeur renoua avec sa conférence interminable. Je continuais de prendre des notes même si cela m'ennuyait fortement. Je me tournai ensuite discrètement vers ma voisine et lui dis sur un ton spontané et de désarroi presque « Quel est l'intérêt d'apprendre tout ça par cœur ? » Je vis d'abord une expression d'effarement sur son visage, elle arrêta de gribouiller sur son carnet puis leva discrètement la tête. Elle me regarda un bref instant avec la même expression interrogative et empreinte de surprise. J'entendis ensuite un gloussement péniblement réprimé des deux mains. « Tu es vraiment con ! » me lança-t-elle. Sa voisine leva la tête un moment en notre direction tout hébétée mais reprit aussitôt la prise de notes. Je déchirai une feuille de mon cahier et griffonnais dessus « C'est à ça qu'on me reconnaît, Olivier ! ». Elle saisit la feuille et écrit « Je vois ça. Au fait, je connais un bon restaurant grec sur la rue Monge. Marion ».

Je me souviens de notre premier baiser. Nous dînions le soir même au restaurant grec sur la rue Monge. À peine entré, j'étais déjà sous le charme de l'établissement. Le cadre y était chaleureux et imprégné de délicieux effluves. Il était tenu par un restaurateur grec, affable et joyeux. Il racontait son histoire par bribes parsemées d'éclats de rire à chaque passage au voisinage de notre table. Il avait quitté son île natale de Syros trente ans auparavant pour se lancer dans la restauration en France. Il avait d'abord tenté l'aventure à Nice mais s'était retrouvé contraint de fermer boutique après quelques années seulement. Ce premier échec l'avait poussé vers d'autres cieux, à Bordeaux d'abord puis enfin à Paris. Il évoquait la mer d'Égée avec une douce mélancolie et on pouvait voir des photos des Cyclades en noir et blanc, et en couleurs sur les murs rugueux blanc cassé du restaurant. Nous prîmes une salade grecque en entrée. Notre hôte ne manqua pas de nous informer avec un brin de fierté que la Feta provenait de Syros. Marion opta pour la Moussaka avec des pommes de terre grecques, tandis que je commandai des brochettes de poulet accompagnées de riz, de Tzatzíki et de feuilles de vigne farcies. Les plats étaient exquis, néanmoins ma curiosité envers Marion finissait par prendre le dessus. Je savais qu'elle avait toujours vécu à Paris mais j'avais tellement de questions à commencer par les motivations qui l'avaient poussée à emprunter le si long cursus que représentaient les études en médecine.

— « Rien ne me prédestinait à des études en médecine », dit-elle d'emblée comme pour entretenir un gouffre prométhéen. Elle poursuivit « Je voulais être architecte. Mon père travaille dans le développement immobilier et je voulais vraiment lui faire plaisir. Mais il y avait toujours cette petite voix dans ma tête. En terminale, quand j'ai su que j'étais admise en médecine, je me suis dit que j'aimerai finalement faire plaisir au plus de monde possible en même temps. »

— « C'est une décision difficile, n'est-ce pas ? »

— « J'ai hésité quelques jours, j'imaginais la déception sur le visage de mon père mais je ressentais aussi le poids d'une cage invisible, comme si elle me retenait implacablement dans le vide. C'était une sensation brutale qui me stressait mais m'excitait également. Je n'arrivais pas à la cerner mais j'étais consciente d'un besoin pressant d'ouverture. »

— « Je vois, maintenant que cette épreuve est derrière toi, ta voie est toute tracée ! »

v « J'ai gagné le noble privilège de servir la société. Disons que notre société préfère sélectionner ses serviteurs dans le fracas et avec caprice. Et toi donc mon cher et mystérieux Olivier ? »

— Je souris nerveusement un instant sous l'effet de la lumière que braquait la question de Marion sur moi. « J'ai eu une scolarité mouvementée à l'exception de la terminale. Je me suis réfugié dès mon enfance dans les recoins serrés de l'amitié. J'ai choisi le droit par défaut pour garder le plus d'options ouvertes possible. »

— « Tout c'est poétique », rétorqua Marion.

Les coins de sa bouche étaient délicatement tirés en arrière, elle observait par moments mes lèvres. Je saisis délicatement sa main et vis son sourire s'appuyer légèrement. Elle effleura un moment mon poignet du bout de ses doigts. Nous commandâmes des pâtisseries pour le dessert, Baklava et Kataïfi. Nous nous levâmes ensuite de la table, notre hôte nous pria de revenir car il s'attendait à recevoir du vin de Santorin très bientôt et souhaitait absolument nous le faire déguster. Nous avions à peine passé la porte d'entrée du restaurant lorsque j'enlaçai Marion et l'embrassai.

Je me souviens de notre première sortie au cinéma. Les salles de cinéma conféraient une forme antagonique de solitude dans la cohue, de silence dans l'agitation et d'obscurité dans la luminosité. J'y étais profondément seul parmi une foule d'aficionados dans un silence ombragé par la sonorité devant l'écran géant qui dardait ses flèches sur le noir de la salle. Cet euphémisme bien réel conduisait le relâchement jusqu'à la porte de l'apaisement. C'était un jour de samedi, l'emploi du temps de Marion extrêmement chargé par les révisions nous avait offert une ouverture salutaire de quelques heures. Le temps passé ensemble était minuté et planifié à l'avance, rien n'était laissé au hasard. Nous nous étions présentés à l'entrée du cinéma situé sur la rue Daubenton en milieu d'après-midi, Marion contemplait scrupuleusement les films à l'affiche et lisait les synopsis à disposition du public. Elle se tourna vers moi « Lequel tu préfères ? ». Le choix du film m'était presque secondaire, « Peu importe », répondis-je décontenancé. Marion sourit puis insista « Non, il faut en choisir un ». Je pris un moment, lis également les synopsis un par un. Je me grattai le front avant de répondre « J'en choisis deux, *Danse avec les loups* et *Cyrano de Bergerac*. Je te laisse donner le coup de grâce ». Marion répliqua « Les deux me conviennent. Allons-y pour *Danse avec les loups* ». Dans le noir de la salle, cette fois-ci, je ressentais sans équivoque la présence de Marion. La beauté des paysages à la frontière tant désirée par le lieutenant John Dunbar réveilla avec vigueur les instincts enterrés aux tréfonds de l'être. Je percevais clairement le ravissement éprouvé par Marion et voyais ses yeux pétiller lorsque la lumière fugace de l'écran se posait sur son visage. Survint l'émouvante scène de la rencontre entre John et le loup. Courageux et persévérant, le loup rejetait fermement les injonctions de John et le suivit contre son gré. Quelle belle scène me dis-je lorsque Marion me saisit brusquement par l'avant-bras avant de me relâcher au bout de quelques secondes.

Marion s'était laissé séduire par mon impétueuse nonchalance. Je dégageais des velléités rugissantes, une fente sur un monde tant imprévisible qu'inexploré. D'un côté, je lui assurais une issue aléatoire à son mystérieux désir et de l'autre elle me ramenait implacablement à l'instant présent tel le pendule d'une horloge murale. Nous formions un couple interdépendant à l'équilibre instable. Les horaires de bachotage les deux premières années de la formation étaient fort élastiques. Je me pressais de rejoindre ma dulcinée à la bibliothèque après mes cours de droit. Je m'installais en silence à flanc de Marion puis étalais mes carnets sans mot prononcé, seuls quelques regards épars sur l'un et l'autre étaient autorisés par une espèce d'accord tacite dans l'espoir de tenir la pénible corvée. Cette présence dans l'absence préservait une sorte de communion des cœurs en l'absence de celle des esprits occupés à obéir au destin. Finalement, nous nous étions plus quittés depuis la toute première rencontre sur la rue Soufflot.

4

J'entendis claquer des talons, je la voyais sans me retourner se faufiler dans la salle jusqu'au-devant de la scène où se produisait un groupe de Jazz amateur. Le groupe jouait, avec un certain talent, un à un les titres de l'Oscar Peterson Trio. Seul à ma table, je me trémoussais avec réserve et discrétion devant une pinte de bière brune. Je m'accordais quelques sorties mélomanes de temps en temps car j'aimais bien la musique Jazz sans être fin connaisseur. Il y avait dans le Jazz une sorte d'imbrication de l'improvisation individuelle et collective qui me fascinait tant. La pinte de bière débloquait en moi assez rapidement l'accès à la réception du plaisir simple et des impressions. Une manière instinctive d'écouter la musique en faisant abstraction sur la technicité qui me manquait. La salle était remplie à moitié environ, l'endroit renfermé sentait un peu la cigarette et on pouvait voir des nuages de buées sur les vitres. Le froid à l'extérieur contrastait avec la moiteur ambiante à l'intérieur. J'enlevai mon pull et gardais mon T-shirt bleu foncé. C'était une grande brune, les traits fins et une taille de guêpe. Elle portait une robe noire sobre et élégante. Ce soir, elle était une déesse de l'Égée tempétueux, capable de briser avec grâce la vie de l'être en captivité en une fraction de seconde. Elle s'assit avec élégance à la petite table ronde juste derrière moi. Je l'imaginais à mi-corps, je sentais son parfum condensé et sensuel monter crescendo en moi. Une sensation d'ivresse m'emporta brièvement, je me sentais frêle. Quelle terrible sensation, était-ce la musique, l'alcool, le désir ou bien juste la fatigue ?

Je frémis à sa seule présence derrière moi, l'imagination m'emportait vers des contrées inexplorées, un monde nouveau dont la perception suscitait la révélation de la beauté à l'état pur. La plus belle musique du monde ne serait qu'un doux reflet de la beauté qu'elle cristallisait. Je tentai de me ressaisir mais une percussion m'étrangla de nouveau. J'étais piégé, le corps tendu et subjugué par la musique du cou aux jambes. Le timbre brillant et la puissance de la trompette avaient fini par m'achever pour de bon. Je me levai pour aller aux toilettes, je n'en pouvais plus de l'imaginer derrière moi, il fallait que je la contemple de plus près. Elle avait déposé un petit livre de poche sur la table. J'essayais d'en deviner le titre mais elle le mit aussitôt à l'intérieur de son sac à main comme pour briser ma curiosité intrusive. Il faut dire que face à l'oisiveté prolongée que j'éprouvais au quotidien, j'avais trouvé un refuge inespéré dans les livres. Les premières semaines d'inactivité, j'avais récupéré un tas de bouquins en bas de mon immeuble, déposés depuis un certain temps déjà par mon voisin juste avant son déménagement. Enfant, je dévorais plutôt les bandes dessinées. J'avais décidé de m'essayer à la lecture d'un premier roman, comme une nouvelle expérience ou une sorte de conquête, ce qui m'avait amené à lire Robinson Crusoé avec une jouissive délectation et en quelques jours seulement. Je l'avais chipé au hasard dans la bibliothèque de notre maison à Dakar. Je m'étais accaparé ensuite du pavé littéraire de Stendhal, Le Rouge et le Noir. Non seulement je ne compris pas grand-chose mais le pire est que je le trouvais d'un grand ennui. J'arrêtai le supplice au bout d'une centaine de pages. Point découragé par cette mésaventure littéraire, j'étais résolu à essayer une troisième fois. Cette fois-ci, je piochai Le dernier Tango à Paris inspiré du film du même nom. Quel choc, j'avais jeté le livre dès les premières pages puis repris les bandes dessinées. Me revoilà à la case départ deux décennies plus tard, me disais-je. J'en rigolais parfois. Cette fois-ci, je lis d'abord la route de Jack London. Un texte incroyable, une grosse claque, j'étais transporté par l'aventure. Je pris conscience que c'était bien le livre qui me manquait, enfant, pour réaliser la jonction avec Robinson Crusoé. Je m'étais accordé ensuite une petite frayeur, je sautai immédiatement à Faulkner et Philip Roth. Le risque était modéré mais ma fougue se transforma en un coup gagnant. De fil en aiguille, je finis par baigner dans les grands classiques et par dévorer la suite de ma modeste collection au bout quelques semaines à peine. Je relus Le Rouge et le Noir. Je ne jugeai pas cette fois-ci le personnage principal, il y avait une intemporalité dans l'ambition de Julien Sorel, une vérité dans son cheminement qui le dépassait. Je devais fort improviser afin d'alimenter ma boulimie naissante et celle-ci était mon unique échappatoire. Je faisais le tour des braderies et brocantes où je troquais et achetais à petits prix toutes sortes de romans, recueils et essais. Depuis, je revenais même à considérer tout lecteur que je croisais comme une sorte de frère d'armes.

Nos regards se croisèrent, le temps s'était dilaté. Il s'était peut-être littéralement arrêté. J'étais scotché devant elle un moment tout hébété, elle m'adressa en retour un doux sourire. Décontenancé, je finis par me dégager tant bien que mal de la cage hypnotique dans laquelle je me trouvais. Je décidai de ne plus cheminer aux toilettes et lui demandai si elle voulait bien prendre l'air à l'extérieur du bar, le temps pour moi de fumer une cigarette. Elle bredouilla une question, peut-être en allemand, me dis-je. Je n'en avais pas saisi le sens. Elle attendit un bref instant ma réponse. Je répondis

« Gej na la gais » un rudiment de phrase en wolof. J'entrevis une expression interloquée sur son visage puis elle éclata de rire. Je compris que sa question était exprimée effectivement en allemand et se traduisait par « Tu ne sais toujours pas que la cigarette est mortelle ? ». Je lui expliquai en retour que je lui avais répondu « Cela fait bail » en wolof. N'étant guère fumeur, je n'avais naturellement pas de cigarettes sur moi mais cela importait peu à vrai dire. À ma grande surprise, elle accepta volontiers ma proposition de prendre l'air. Dehors, je feignis chercher une cigarette dans mes poches. Je n'en avais plus, où avais-je la tête. Mon petit numéro l'amusa beaucoup. Un silence paisible s'installa entre nous deux une ou deux minutes. Elle se dirigea ensuite aux vestiaires afin de récupérer son manteau mais n'était jamais revenue. J'avais trouvé ensuite sur ma table une petite carte avec un numéro de téléphone et une date à laquelle je devais l'appeler.

Par un temps brumeux en milieu d'après-midi, le train traçait lentement sa voie de Paris en direction de Genève. Le fantôme de Sophie hantait encore ma mémoire. Il faut dire que j'appréhendais cette deuxième rencontre. Je redoutais qu'elle finisse par casser la magie de la brève soirée à Paris. Ce jour-là, le train m'emportait doucement vers mon destin, la première image qui me venait à l'esprit projetait les gouttes d'eau d'une pluie agitée. Pourtant, de la vitre à flanc de mon siège, les somptueux paysages ne manquaient pas. Collines et plateaux verdoyants à perte de vue, les paysages défilaient incessamment et à grande vitesse. Je pensais aux premiers instants de cette deuxième rencontre, aux premières salutations. J'entendais sa voix douce qui chuchotait avec délicatesse. Sa voix prolongeait la beauté des paysages que je contemplais. En vrai, je n'avais rien à lui dire car je ne la connaissais pas. Je me sentais léger, la bière à la main cristallisait cette douce sensation de lévitation à l'intérieur de la cabine inamovible où je me trouvais. Je cherchais quelque chose que je pouvais retenir des yeux un instant, l'horizon, un oiseau, une couleur. Néanmoins, tout ce que me parvenait était les battements de mon cœur et le silence apaisé.

Tout s'était passé très vite, un peu comme sous anesthésie. De la rencontre à l'intérieur de la gare de Cornavin juste après le passage des services de douane française et suisse, au trajet en taxi jusqu'au domicile de Sophie qui avait gracieusement offert de m'héberger quelques jours. Sans emploi, je n'avais nullement les moyens de faire autrement que d'accepter sa générosité. Me voilà dans cet appartement qui donne sur la cathédrale Saint-Pierre. Il est spacieux et doté de hauts plafonds mais sans fard, hormis une table rectangulaire élancée en bois massif dans la salle de séjour, un grand tableau et une petite sculpture en bronze. À proximité de la table, une grande bibliothèque dominait l'espace jusqu'au mur et donnait presque la sensation de peser du regard sur les occupants des chaises. Une cuisine ouverte s'insérait de l'autre côté de la salle de séjour. J'avais droit à la chambre d'enfant. J'arrivais à peine à me tenir dans le lit au milieu de nombreux jeux de société et jouets qui parsemaient une bonne partie de la surface. Je discernais un faible fond sonore, sans doute de la musique classique, en provenance de la salle de séjour. Cela me convenait parfaitement, n'ayant rien d'intéressant à dire afin de rallumer la mèche magique de la soirée parisienne. Sophie n'était point gênée face à cette situation cocasse, elle avait même l'air amusée. Je prétextai le besoin presque urgent d'aller chercher une bouteille de vin pour le dîner et de faire un tour dans le quartier par la même occasion. Sophie acquiesça aussitôt.

Au dehors de l'appartement à la Cour de Saint-Pierre, je pris soudainement conscience que j'étais observé par la statue de Jérémie. Quelle surprise ! Je projetai une figure vivante un très court instant. Quoiqu'égayé par cet anthropomorphisme distrait, je reprisse doucement mon errance. J'empruntai les escaliers de la rue du Perron où je m'étais arrêté un moment au niveau du passage de Monetier. Mes pérégrinations m'emmenèrent ensuite aux cinq canons via la rue du Puits-Saint-Pierre, puis à la rue Chausse-Coq avant d'échouer sur un banc de la promenade de Treille. Je m'arrêtai un long moment afin de reprendre mes esprits. J'étais venu pour Sophie. Il était hors de question de me perdre dans un vortex inextricable, je trouverais une voie car je n'avais tout simplement pas le choix. Le souvenir de Marion surgit contre mon gré, une image de plus en plus floue. Sa silhouette devint rapidement mirage et ses contours brumeux. Je rouvris les yeux, il était temps de retrouver mon hôte.

Une fois le dîner servi, je m'étais demandé comment Sophie avait tout préparé en si peu de temps. Ma promenade improvisée en ville avait duré moins de deux heures. Salade grecque et Burratina à la truffe en guise d'entrée suivie du plat principal. Le tout accompagné du vin rouge que j'avais ramené. J'avais fait un effort sur le vin, je me contentais habituellement du vin bon marché des supérettes parisiennes, surtout depuis que j'avais perdu mon emploi. Je m'enquis du nom du plat. « Linguine au crumble de tomates séchées et au citron », répondit Sophie, puis ayant remarqué mon étonnement, elle ajouta avec un brin d'ironie « j'aimerais être meilleure en cuisine ». Je n'osai pas lui adresser des questions trop personnelles, qui était-elle réellement, ce qu'elle faisait dans la vie, à qui appartenait la chambre d'enfant à côté et pourquoi m'avait-elle invité en tête à tête ? Je marquais de plus en plus une forme d'absence car absorbé par mille pensées, néanmoins Sophie était tout le temps souriante. Le regard avenant, elle lança :

— « Est-ce que tu apprécies les beaux-arts, Olivier ? »

— « Je ne sais pas, je n'y ai jamais vraiment pensé. Peut-être, enfin comme tout le monde j'imagine », répliquai-je.

— « Qu'est-ce que tu vois dans le tableau accroché au mur derrière toi ? »

Je me retournai et pris le temps de dévisager âprement le tableau. Je balbutiai ensuite quelques phrases. J'entamai tant bien que mal la description de l'image apparente. C'était un grand tableau d'environ un mètre cinquante de largeur sur deux mètres de longueur. On voyait au premier plan une imposante panthère noire couchée sur un piano au milieu d'une grande cour en gravier. La cour est entourée d'une muraille et un mirador rectangulaire jaillit à l'extrémité gauche de l'esplanade. On pouvait également apercevoir à l'extrémité droite un dôme esquissé de façon floue, un mirage par-dessus la muraille. L'environnement est sombre, le ciel gris chargé d'une masse de nuages formant un cercle laiteux, comme une galaxie ou un cours d'eau torrentiel. Sophie me dévisagea un moment, je remarquai pour la première fois un grain de beauté au-dessus de sa lèvre. Elle avait l'air mitigée, peut-être est-ce dû à ma description fougueuse et plate du tableau ou bien avait-elle entrevu mon intérêt fugace pour son grain de beauté.

— « C'est une toile simple qui ne brille pas par son style. Qu'est-ce que tu vois au-delà de l'image peinte ? » elle me pressa plus encore.

Cette dernière question provoqua une espèce de blocage dans mon cerveau. Hormis un court rire nerveux, je n'avais rien à lui servir en plus et aucune piste de réflexion à explorer. Elle finit par arrêter le supplice, me resservit un deuxième verre de vin avant de se dévoiler peu à peu, mais toujours sur un ton mystérieux et timoré.

J'appris qu'elle gérait des galeries spécialisées dans l'art contemporain à Genève, Londres, Bruxelles et Francfort. Que cette occupation l'amenait à voyager régulièrement afin de dénicher et d'accompagner de nouveaux esprits créatifs. Aussi, cette occupation la comblait entièrement depuis qu'elle avait quitté un poste confortable en finance à Bruxelles. Bien que non divorcée de son mari, haut fonctionnaire à la Commission européenne, ils avaient choisi de vivre séparément. D'un commun accord, le père recevait leur fils, Hugo, un week-end par mois et s'acquittait également d'une sorte de pension mensuelle pour couvrir une partie des frais d'éducation de Hugo bien que Sophie jouît d'une situation confortable. Elle mettait dans un compte au nom de son fils la totalité de cet argent dont il disposerait plus tard à sa guise. Elle était restée discrète sur les motifs ayant provoqué cette séparation officieuse ainsi que sur sa nature temporaire ou définitive. J'écoutais attentivement ce qu'elle avait soigneusement choisi de dévoiler et je ne pouvais m'empêcher de me poser mille questions au point d'esquisser une expression ouvertement interloquée. Emporté par un brin d'euphorie, le deuxième verre de vin avait achevé de me désinhiber totalement. Elle posa soudainement mais délicatement sa main sur mon avant-bras puis demanda :

— « Je suis ravie que tu sois là mais j'aimerais savoir pourquoi tu me rends visite, Olivier ? »

— « Je dirai que c'est un concours d'improvisation, de hasard et peut-être d'audace aussi. » À ce stade, je me préservais autant que possible.

— « L'audace m'intrigue. » Elle répondit avec amusement.

— « Qu'est-ce que je représente pour toi ? » j'eus besoin de franchir un cap, la frustration me rongeait de l'intérieur.

— « Je mettrai cette question sur le compte de l'improvisation. Il est tôt pour le demander, n'est-ce pas ? Je suis sûre que tu le sauras le moment voulu. »

Elle mit fin brutalement à notre discussion. La frustration euphorique que j'éprouvais se mua en un vigoureux désir, une envie intense de briser les codes fragiles qui nous relient.

Plus tard, recroquevillé dans le lit de Hugo, je ressassais méthodiquement tous les détails de la journée, coincé dans une boucle infinie avant de capituler enfin face à la fatigue. Je rêvai de Sophie, imaginai un autre scénario au terme du dîner quand je lui avais demandé ce que je représentais pour elle. Je me lève de ma chaise puis m'approche doucement. *Je vois un léger sourire au coin de ses lèvres. Je pose ensuite ma main sur sa nuque et la tire aussitôt vers moi, nos langues s'entremêlent. Je déboutonne délicatement sa chemise, elle mordille mon cou et promène sa langue sur mon oreille. Elle me jette sur le canapé, ouvre ma braguette, enlève sa culotte puis remonte doucement sa jupe. Elle se met sur moi, j'enfonce mes doigts dans son dos et lui mordille les lèvres pendant que je la pénètre.* Je me réveillai brusquement le corps bouillonnant comme un four. Je saisis la bouteille d'eau fraîche sur la commode quand soudain je vis Sophie devant la porte. Elle portait une robe de chambre qui laissait apparaître ses jambes en entier :

— « Je pense deviner ce que tu ressens et je comprends que cela soit dur pour toi », dit-elle.

— « Je ne sais pas ce que je fais ici », vociférai-je sur un ton inquisiteur et de résignation.

— « Tu vis des épreuves difficiles en ce moment. J'aimerais t'aider à surmonter toutes tes difficultés mais ne te fie surtout pas au confort du fatalisme. »

Elle sourit puis quitta la pièce comme une ombre évanescente. Je ne saisis pas le sens de sa dernière réplique mais je me sentais apaisé.

Le lendemain au réveil, je rejoignis Sophie à table. Il était tard, autour de dix heures du matin. Elle sirotait un thé à la menthe. Je me servis une tasse de café bien pleine. La lumière du jour traversait les grandes fenêtres pour finir sur une bonne partie de l'espace de séjour. Je vis un billet de train sur la table. Sophie, le sourire aux lèvres, m'informa aussitôt que je devais rentrer à Paris en fin de matinée. Je ne savais pas comment me l'expliquer mais je n'étais pas surpris par cette décision brusque. Peut-être soulagé finalement même si je n'avais prévu de rentrer à Paris que deux jours plus tard. Elle rajouta « On se reverra dans six mois, je te présenterai Hugo », puis me pria de prendre contact avec un certain Bernard une fois rentré à Paris, avant de me passer une carte de visite avec les coordonnées de la librairie de « L'Orée ».

Au retour, j'ai passé une bonne partie du trajet à essayer tant bien que mal de lire ma dernière trouvaille littéraire que j'avais dénichée chez un bouquiniste du quai de la Mégisserie, « Le loup de steppes » de l'auteur Herman Hesse. Mon esprit planait ailleurs car je ne pouvais pas m'empêcher de repenser à Sophie et d'essayer de donner un sens à chaque instant, événement et réplique. J'étais pris dans une sorte de spirale infernale qui s'était prolongée bien après que je suis rentré chez moi. Le soir venu, je me précipitai dans mon lit exténué par tant d'effort mental.

5

Bernard, le patron de L'Orée était agréable et sympathique, il m'avait écouté attentivement sans avoir l'air surpris comme s'il connaissait déjà toute mon histoire. Sophie me dit que tu apprécies la peinture. « Tout à fait », j'avais bredouillé. En un quart d'heure, j'étais engagé comme libraire, je devais m'occuper du rayon théâtre. J'allais être rémunéré deux fois moins que lors de mon précédent emploi mais cela me convenait amplement. Je voyais cette nouvelle ouverture presque comme un miracle.

Les deux mois qui avaient suivi, j'eus tout le temps pour apprendre le métier. Mon travail consistait à renseigner les clients, dont beaucoup de touristes, et à vendre des livres. Je recevais également des cartons de livres, les empilais sur les étagères de la librairie et passais commande suffisamment à l'avance pour éviter les ruptures de stock. Cyrano de Bergerac, Andromaque et Hamlet étaient les stars incontestées des ventes de mon rayon. Bernard s'occupait des choix de la librairie en matière d'actualité, il avait ses propres préférences et rédigeait lui-même les fiches de lecture des différents ouvrages. Il animait également un club de lecture qui rassemblait, une fois par semaine, une vingtaine d'habitués de la librairie autour d'un livre. Lecture des passages sélectionnés et commentaires foisonnaient deux petites heures à chaque rencontre.

Mon travail me laissait beaucoup de loisirs pour aiguiser ma culture en théâtre en tant que genre littéraire. C'était un sentiment soudain. Certains jours où les clients se faisaient rares, je passais de longues heures à lire, confortablement assis sur mon siège au rayon qui m'était assigné. Je m'exerçais à imaginer les personnages comme si j'en étais l'auteur au moment de la genèse et emporté par l'emphase provoquée par la puissance du lyrisme. Je récitais les tirades de Cyrano et exécutais de grossières mimiques de sa prétendue gestuelle.

Je me sentais revivre, je respirais de nouveau la joie et l'enthousiasme d'antan. Ma routine était bien réglée. Je me rendais cinq jours par semaine à L'Orée de neuf heures du matin à dix-huit heures. J'avais l'impression de me réparer et de me défaire des longs mois d'oisiveté. Je m'étais remis à me projeter dans l'avenir. Je les voyais de nouveau, mes prochaines vacances et mes prochaines aventures.

Bernard était lettré et passionné par son quotidien, il donnait un sens précis à sa mission de libraire. Il contribuait modestement à l'inspiration de nouveaux talents à travers le rayonnement du génie littéraire français et à la célébration de l'être. Je ne saisissais pas ce qu'il entendait par la fin de cette formule quasi mystique. Parfois, il évoquait plutôt l'exaltation de l'être mais le mystère était toujours le même. Souvent, il me recommandait des lectures, me commandait des fiches qu'il n'utilisait jamais. Cela faisait partie du processus d'apprentissage auquel j'avais droit et cela m'enchantait au plus haut point. Je lui avais demandé plusieurs fois comment il connaissait Sophie mais il était toujours resté très discret sur le sujet. Peu bavard sur sa vie en dehors de L'Orée, il avait érigé un paravent de mystères que je n'arrivais jamais à percer. J'avais réalisé un certain équilibre à l'abri du besoin immédiat. Je songeais doublement à Sophie, elle me manquait atrocement alors que j'étais incapable de mettre des mots sur ce qui s'était réellement passé entre nous deux. Rien finalement quand je rationalisais, le plus terrible était le flou autour de ce que je représentais pour elle, pourquoi m'avait-elle invité chez elle, pourquoi elle m'aidait avec une telle désinvolture.

Ce soir, Bernard paya sa tournée au bistrot du coin, la journée fut intense et les ventes plutôt bonnes. Outre Bernard et moi-même, mes deux autres collègues étaient également présents pour profiter de ce moment de répit bien mérité. Myriam s'occupait des romans à la fois classiques et contemporains, d'auteurs français et francophones plus généralement. Son périmètre était large mais disposait d'une expérience de deux années à la librairie. Dao était l'expert des essais de tous genres, philosophiques, littéraires et économiques. Les périmètres de chacun étaient bien définis, Bernard gérait également les rayons des livres rares et de poésie. Le bistrot était notre deuxième quartier général, mes collègues connaissaient et saluaient tout le monde avec jovialité. Les pintes de bière servies entamèrent nos bavardages anodins. Dao discourait longuement sur son projet de librairie à Hanoï tandis que Myriam cherchait un appartement à louer, la colocation ne lui convenait plus. Bernard qui se proposait d'être garant du bail s'enquérait de ses dernières visites, des quartiers qu'elle ciblait. La tâche était ardue. Bernard et Dao planifiaient diligemment les joies et les difficultés du projet vietnamien.

— « Pourquoi tu es si silencieux ? » me demanda soudainement Myriam.

— « Cela doit être la fatigue », répliquai-je. J'avais enchaîné comme pour me rattraper, « je crois comprendre que tu es fan absolue de l'œuvre de Dickens ».

Myriam sourit puis me fixa dans les yeux :

— « Je t'autorise à me parler de toi-même, peut-être une prochaine fois. »

Elle se retourna aussitôt vers les deux autres compères. J'étais certes absent des complicités entre Myriam, Dao et Bernard. J'étais seul, profondément seul. Je m'étais rendu compte ce soir que j'avais perdu contact avec mes amis d'enfance. Aux dernières nouvelles, Karim avait rejoint le groupe industriel des Ndao à Dakar après quelques années d'études universitaires à Montréal.

Il est vrai aussi que Marion avait le courage d'organiser notre vie sociale à tous les deux en même temps. Je me laissais emporter par son volontarisme protubérant. J'étais perdu dans une forêt inextricable. Des sentiers sauvages et inexplorés, une forêt à l'intérieur de moi-même. Il m'arrivait de psalmodier quelques vers pour contrer la solitude. La forêt peu à peu se révèle, au cœur frémissant à l'étincelle. Dans le mystère se dresse la citadelle. La clé se cache sous l'aile de l'hirondelle. Heureux celui qui sait vivre entier, respire puisque ta vie est si brève, silencieuse, elle m'enchante et m'observe, sur le fil de ma pensée, la forêt.

Entre-temps, j'avais déjà envoyé trois lettres à Sophie. La première pour la remercier de m'aider à trouver un emploi à L'Orée, la deuxième pour lui demander de ses nouvelles et puis la troisième pour donner de mes propres nouvelles à défaut de recevoir une réponse à ma deuxième lettre. Elle était restée muette, je finis même par croire que je ne la reverrais plus, que toute cette histoire était un rêve ou pire encore, une farce. Pourtant comme promis, me voici au bout de six mois après notre deuxième rencontre dans un chalet en pleine forêt à quelques kilomètres du village de Marigny. J'avais rejoint Sophie et son fils Hugo, en villégiature dans le Jura. Le chalet, un tantinet déglingué, compte trois chambres et un séjour avec une baie vitrée juchée sur le jardin. Le jardin se mélange avec la forêt au bout d'une vingtaine de mètres, ce qui donne une impression d'isolement total. Avec Hugo, j'allais au village, accessible à pied uniquement, tous les trois jours pour faire les courses. Il fallait compter une bonne demi-heure de marche jusqu'à la supérette au centre du village. Hugo avait neuf ans, c'était un petit garçon discret. Il ne posait que très peu de questions et adressait en retour des réponses bien mesurées. Il n'était pas triste, il avait toujours le sourire aux lèvres et beaucoup d'énergie. J'appris qu'il vivait en pensionnat dans une école située aux Alpes suisses et qu'il appréciait cette scolarité en immersion avec ses camarades. Son ami devait d'ailleurs être présent parmi nous mais une obligation familiale de dernière minute l'en avait empêché. Hugo passait un week-end sur quatre chez son père à Bruxelles, les trois autres chez Sophie.

Sophie travaillait le matin pendant que Hugo jouait autour du chalet et lisait des bandes dessinées. Il disparaissait parfois dans la forêt mais ses absences ne duraient jamais plus de quelques minutes. Je consacrais les matinées à la lecture et à la rédaction de fiches sur les derniers coups de cœur de Bernard, je me devais encore de muscler ma culture en théâtre. L'après-midi, nous faisions des randonnées en montagne. Les paysages étaient sublimes et infinis, la route des lacs bordés par de hautes falaises mène aux nombreux belvédères de la région avec des vues à couper le souffle. Les sentiers traversent des taillis de Chêne, de Hêtre et de Tilleul, telle des arcades en bois au-dessus de nos têtes. Les cascades et grottes nous faisaient voyager dans le temps. Une fois, après une longue marche jusqu'au lac de Chalain, nous avions décidé de nous baigner Hugo et moi. C'était au mois d'octobre et l'eau était froide. Les éboulis descendent jusqu'au lac. Je me déshabillai, entrais en caleçon ahuri dans le lac, mon visage se déformait petit à petit. Je sentais les piqûres de l'eau froide sur ma peau, puis d'un coup je plongeai entier, une âcre décharge d'adrénaline me transperça le corps. Je sortis la tête de l'eau, il y avait une puissance brutale dans l'eau froide. Cela faisait un bien fou. Je sursautais en criant et appelais Hugo à me rejoindre. Pour se prémunir contre le froid, il mit la combinaison de natation que gardait Sophie dans son sac puis accourut vers moi avec fougue.

Il n'y avait pas de télévision dans le chalet. Chaque soir après le dîner, nous jouions à un jeu de société pioché dans la collection de Hugo. Il avait une douzaine de jeux et affectionnait particulièrement les jeux de stratégie. Sophie lisait ensuite une histoire à voix haute avant de coucher son fils vers neuf heures du soir. Il lui arrivait d'improviser ses propres contes. Un soir, elle avait raconté l'histoire d'un petit prince. Un récit vraisemblablement inspiré du chef-d'œuvre de Saint-Exupéry.

En un beau jour de printemps, un petit prince échoua sur la planète Terre après un périlleux périple dans l'univers, pourchassé sans relâche par les siens. Le petit prince détenait un coffret bien verrouillé, transmis dans le plus grand secret par son feu père et roi de sa planète d'origine. Le coffret abritait un trésor dont l'existence contestée nourrissait les fantasmes les plus loufoques parmi les habitants de la galaxie. D'aucuns prétendaient même que le trésor recelait un puissant pouvoir de destruction et voulaient le posséder à tout prix pour imposer leur prééminence galactique. Par un vicieux calcul politicien, le grand vizir qui assurait la régence laissa volontairement fuiter l'existence du trésor tant désiré afin d'éloigner définitivement le petit prince de la succession. Celui-ci, craignant pour sa survie, n'eut de choix que de fuir très loin, emportant avec lui le petit coffre dont il ignorait tout de son contenu car il ne disposait pas de clé pouvant l'ouvrir. Dans sa fuite, il parvint à croiser le chemin de la planète Terre, captivé par le puissant reflet bleuâtre. Il atterrit à l'oasis Siwa où il rencontra une jeune terrienne. Cette dernière s'est aussitôt prise de tendresse pour le petit prince, sa triste histoire l'émeut au plus haut point. Pour apaiser l'amertume de l'exil du petit prince, elle s'est mise à fredonner le refrain, « écoute le chant de l'univers, le vent montre la voie haut et fort, l'amour est présent ici et ailleurs, reste digne et fort. ». Ce refrain provoqua comme par magie l'ouverture du petit coffre. Il s'est ensuivi le jet d'une poussière céleste, émanation d'un métal en fusion dans le creuset des novas éparpillées à des millions d'années-lumière les unes des autres. La poussière céleste transforma le petit prince et la jeune terrienne en une tonnelle de roses soufflant le bonheur et la sérénité dans toute la galaxie.

La discussion avec Sophie se prolongeait dans la nuit, nous nous installions à la grande terrasse qui surplombait le jardin invisible à cette heure-ci. Il n'y avait pas d'éclairage en dehors du chalet et nous entendions parfois des bruits de-ci de-là, sans doute des biches venues nous observer à quelques mètres seulement. La forêt était vivante, il suffisait de tendre l'oreille attentivement pour s'en rendre compte.

— « Quelle belle expérience d'éveil des sens, n'est-ce pas ? » lança Sophie un soir.

— « Oui », répondis-je vaguement, j'étais occupé à siroter un verre de Whisky.

— « Si je te commandais une toile sur le thème de la conscience, tu dessinerais quoi ? »

— « Une biche buvant un verre de Whisky »

Sophie éclata de rire puis rajouta :

— « Et si je te demandais de dessiner la mort ? »

Mes yeux s'écarquillèrent brièvement, je suis resté muet.

— « Tu as peur de la mort ? » elle insista.

— « Je n'y pense pas vraiment, et toi ? »

— « J'ai peur, j'en suis même terrifiée ! Paradoxalement, plus j'y réfléchis, plus je prends conscience que je ne suis pas allée suffisamment loin dans la réflexion. C'est drôle, non ? J'ai lu récemment un auteur de génie, bulgare il me semble, une aubaine. Il a écrit que *l'homme lève sa tête au-dessus d'un champ de cadavres, sourit au soleil, et déclare que la vie est belle.* » Elle s'est tue un moment puis rajouta : « La création artistique est peut-être un heureux subterfuge. Le pendant immortel de la condition humaine. Une échappatoire pour fuir l'angoisse de la mort. Tu en penses quoi ? »

— « J'ai eu ma première expérience existentielle à la suite du décès de mon grand-père. Il est mort de cause naturelle. J'imaginais le temps s'écouler progressivement. Projeté dans l'avenir, je voyais le décès de mes proches un par un, des plus vieux jusqu'aux plus jeunes. J'ai eu un pincement au cœur lorsque l'aiguille s'arrêta au niveau de mon père puis de ma mère. J'ai poursuivi l'exercice mental jusqu'à ce que je prenne enfin conscience de ma propre mortalité. J'ai eu peur sur le moment. Depuis, je vis le moment présent. »

Un faible fond sonore émanait du poste radio que j'avais posé sur le sol en bois de la terrasse. Je reconnus le titre « It's a Heartache » interprété par Bonnie Tyler. Je mis aussitôt le son plus fort puis improvisai quelques pas de danse. *It's a fool's game, Nothing but a fool's game...* Sophie arborait un large sourire et ses yeux pétillaient. Elle se leva, mit sa tête sur mon épaule puis m'entoura de ses bras. *Standing in the cold rain, feeling like a clown...* Je compris aussi dès nos premières soirées de discussions que je n'aurais pas de réponses aux motivations réelles qui la poussaient à m'aider, à me présenter son enfant et à m'accepter avec force générosité.

Il y avait des intimités anodines dans le chalet, nous étions tous les deux en pyjama mais le désir quasi bestial que j'éprouvais pour elle tout au long des six derniers mois se transforma en une affinité appuyée d'une profonde amitié. De plus, je voyais qu'elle était d'autant plus fatiguée que les jours passaient. La deuxième semaine, elle arrêta de nous accompagner aux randonnées quotidiennes, elle avait tout donné la première semaine de villégiature. Éreintée, son teint était de plus en plus livide. Cela me déprimait mais je n'osais pas aborder le sujet avec elle.

Il y avait dans l'obscurité de la forêt un aspect presque terrifiant. La nuit décuple le bruit qui nous entoure. Un bruit insaisissable et indistinguable, j'avais l'impression qu'il venait de partout lorsque je dressais bien l'oreille. De plus, la perspective de me perdre au milieu de la forêt, dépourvu de sens d'orientation m'excitait autant qu'elle m'effrayait. Je m'étais réveillé très tôt une fois, il était cinq heures et demie du matin et je ne retrouvais plus le sommeil. Le chalet était plongé dans un silence profond. J'ouvris doucement la fenêtre car j'avais besoin de fraîcheur. Le silence fut légèrement perturbé par quelques cris de la faune çà et là, au loin. Je me concentrai pour identifier les animaux en fonction des bruits qui parvenaient jusqu'à la fenêtre. Ce n'est pas une tâche aisée. J'avais isolé le cri d'une espèce d'oiseau. Je me mis en tête qu'il s'agissait d'un faucon pèlerin. Je pouvais à présent tenter d'identifier le deuxième. Peut-être un corbeau ou une corneille. Il m'était impossible de distinguer entre les deux mais quoi qu'il en soit, prenez garde du faucon. Je mis un pull par-dessus mon T-shirt, un pantalon à la place du short que je portais au lit et mes chaussures de marche. Je saisis la lampe de poche suspendue sur l'accroche clé murale, poussai la porte d'entrée puis m'immobilisai sur la terrasse. J'embrassai le jardin du regard et levai ensuite la tête vers le ciel. La lune était pleine, le ciel dégagé et parsemé de brillantes constellations. Je savais que la forêt abritait des animaux dangereux comme le lynx et le sanglier mais je n'y prêtai aucunement attention. J'allumai la torche puis descendis les marches jusqu'à la pelouse. Je me dirigeai vers le sentier au fond du jardin puis agrippai une branche ferme traînant au pied d'un Chêne. Je n'envisageais pas de m'aventurer à distance du chalet ou en dehors des sentiers battus. Je marchai prudemment au milieu des Hêtres et des Chênes. Le clair de lune traversait les feuillages troués au-dessus de moi. Je m'arrêtai au niveau d'un branchement. Pendant que je songeais à quelle direction prendre ce soir, j'entendis un bruit derrière moi. Je fis demi-tour, m'approchai doucement puis dégageai les branches de mon bras droit avant de m'envaser quelques mètres en dehors du sentier. C'était un faible bruit ne présageant aucun danger immédiat. Je poursuivis quelques mètres avant d'apercevoir une sorte de clairière, au loin illuminée par le clair de lune. C'était une tourbière, je distinguai clairement à présent le coassement d'une grenouille. Au pied d'un arbuste gisaient des cairns en pierres. Des tumuli de cailloux savamment entreposés les uns sur les autres, des plus grands à la base aux plus petits au sommet. Le tout formait un curieux équilibre. Je rebroussai chemin, il était temps de rentrer. Il pleuvait une légère bruine brouillardeuse. Ma marche exploratoire nocturne dura moins d'une heure. Je montai sur la pointe des pieds les marches en bois du chalet lorsque je vis Sophie sur la terrasse.

— « Je me suis fait du souci pour toi », me reprocha d'emblée Sophie.

— « Il ne faut pas, j'avais juste besoin de prendre l'air. »

— « Hugo avait fait une crise de somnambulisme l'année dernière. Depuis, je prête attention aux moindres gestes et bruits pendant le sommeil. Je croyais au début que c'était lui qui sortait du chalet, je me suis précipitée à la terrasse puis je t'ai vu traverser le jardin. Tu as trouvé ce que tu cherchais ? »

— « On peut dire les choses comme ça. En tout cas, je me sens mieux. »

— « Tu veux du thé ? »

— « Volontiers. »

Au fil des jours, Hugo semblait de plus en plus à l'aise en ma compagnie. Il me confiait son intérêt grandissant pour la photo mais également sa frustration. Ses camarades de classe ne partageaient pas sa passion naissante malgré l'existence d'un club de photo dans son école. Comment était née sa passion pour la photo ? La question était un peu abstraite pour un enfant de son âge, je lui ai plutôt demandé où il avait pris sa première photo. Sophie venait de le déposer chez Jens, le père de Hugo, au domicile familial en banlieue bruxelloise. Alors que sa maman échangeait quelques courtoisies avec son mari, Hugo se saisit d'un vieux polaroïd entreposé sur une étagère de la bibliothèque dans le salon puis immortalisa à travers la baie vitrée, Sophie de dos arpentant la cour à l'entrée juste à temps avant qu'elle disparaisse via la porte principale de la demeure. Depuis ce jour, son appareil photo ne le quitta plus.

Six mois s'étaient écoulés après l'escapade dans le Jura. Me voici dans le salon d'une demeure à Bruxelles échangeant quelques amabilités avec Jens. J'avais appris la nouvelle du décès la veille à travers Bernard. Hugo était calme et rêveur, il se contentait de répondre aux questions des uns et des autres dans le grand salon du rez-de-chaussée. Nous avions échangé quelques lettres depuis notre première rencontre. Il glissait toujours une ou deux photos dans l'enveloppe. Il photographiait exclusivement des paysages. Couchers de soleil, vues du ciel, vues panoramiques en montagne. La photo lui permettait de développer une réelle sensibilité vis-à-vis de l'environnement qui l'entourait. Il faisait constamment des progrès. Il explorait des angles et des plans différents à chaque fois, avec et sans relief. C'était pour lui une expérience ludique et d'ouverture sur le monde, une sorte d'apprentissage d'une langue étrangère.

Jens était autrichien et parlait couramment le français. Il portait un costume sombre. Je ne savais pas ce qu'il pensait ou savait de moi exactement et cela m'angoissait à vrai dire. À ses yeux, j'étais un total inconnu ayant brièvement côtoyé sa femme et son enfant. Pourtant, il avait pris le temps de me recevoir avec respect et gentillesse. J'étais même un peu gêné face à l'absurdité de la situation. Il m'avait fait signe de le suivre à la pièce adjacente. Il n'y avait personne, on voyait un cercueil grand ouvert où gisait le corps de Sophie. Je frissonnai un court instant devant l'expression impassible sur son visage. C'était le moment de lui témoigner une dernière fois ma reconnaissance avant l'enterrement et de lui dire adieu en toute intimité, le moment de la catharsis. Son décès avait emporté à jamais le mystère de notre histoire. Dans ce même mystère résidait également un formidable élan d'espoir. J'aperçus Bernard à l'enterrement, il était au premier rang avec d'autres personnes. Il me fit un signe de loin et je ne souhaitais pas le déranger dans son recueillement.

La mort de Sophie m'avait brisé en mille morceaux, on ne devrait pas survivre à une telle tornade, sa propre tornade, une leucémie. La maladie l'avait soigneusement rongé de l'intérieur des mois durant et sans relâche avant de la foudroyer. Pour ne rien arranger, le diagnostic était tardif et la maladie à un stade avancé. Sophie se savait condamnée, jusqu'au bout elle avait refusé de subir les décrépitudes de la chimiothérapie. On ne se souvient jamais pleinement. Le temps reconstruit les souvenirs. Il se sert du langage et de la conscience tel un sculpteur baroque italien maniant une mazza et des scalpelli pour tailler une pierre en marbre. La mémoire est d'autant plus mouvante que ne l'est la violence des traumatismes passés. La violence des chocs rassérène les plus fébriles d'entre nous. Je suis si loin à présent. Même si j'étais sûr de la mort de Sophie, sa mémoire était toujours aussi vivante en moi.

6

Les livres me rapprochaient doucement de Myriam. Elle m'aidait régulièrement à rédiger mes fiches. Nous nous retrouvions régulièrement au bistrot à deux pas de L'Orée, le plus souvent en tête à tête. Dao prétextait toujours une urgence quelconque l'empêchant de nous accompagner, un geste élégant en faveur de ma relation embryonnaire avec Myriam. Au cours des semaines et mois suivants, nos rendez-vous au bistrot s'étaient progressivement transformés en dîners au restaurant, sorties au cinéma et balades en ville. Je m'étais rapidement épris de Myriam et notre complicité me procurait joie et sérénité.

Myriam menait une double vie, la libraire appliquée troquait ses livres dès qu'elle le pouvait pour le brouhaha des réunions de la jeunesse du parti travailliste. Rompue à cinq années de militantisme, elle organisait avec ses camarades la vie partisane des jeunes adhérents. Son dynamisme était d'une constance inébranlable, elle organisait les réunions de la jeunesse du parti et des débats sur les orientations stratégiques à adopter, distribuait des tracts dans les campus universitaires, prenait part aux activités de campagne électorale aux municipales. Un train cheminant sans jamais s'arrêter. Je lui avais demandé plusieurs fois où elle trouvait l'énergie et la force pour un tel engagement, j'avais essayé de cerner ses motivations même les plus intimes. C'était sa manière de faire face aux injustices, de préserver sa liberté et de chérir la patrie. Sa manière de mettre de côté son individualité pour ne faire qu'un avec le collectif, de progresser tous ensemble. Elle admettait volontiers la candeur de son tempérament. Son regard puissant m'avait subjugué depuis le début. On voyait toute sa force dans le scintillement de ses yeux qui brillaient d'une volonté surhumaine.

Bernard s'était montré extrêmement bienveillant à notre égard. Il nous avait accordé des vacances à la même période quand bien même cela n'arrangeait pas ses affaires à l'Orée. Nous avions décidé de visiter Naples pour notre premier voyage ensemble, on ne pouvait espérer mieux que la richesse et la chaleur humaine de la ville. Notre auberge se situait à quelques encablures de la rue Spaccanapoli. C'était au début du mois de septembre, la chaleur et l'humidité écrasaient inexorablement l'air dans mes poumons. J'étais en nage après nos errances en journée. La ville regorgeait de trésors à chaque coin de rue comme si par quelque enchantement, quelque magie, le temps passé de la renaissance avait ressuscité au moment présent. Quels furent notre étonnement et admiration à l'intérieur de la chapelle Sansevero. J'étais bluffé par la magnifique sculpture en marbre du Christ voilé. Par un effet d'optique, l'imposant chef-d'œuvre rendait presque transparente la figure de Jésus recouvert d'un linceul. Nous étions restés un moment contempler l'intrigante façade de Gesu Nuevo dont la structure en diamants en pierre avait presque intimidé nos velléités de visite de l'intérieur de la basilique. Nous avions déambulé dans le labyrinthe bouillonnant des ruelles du centre historique de longues heures durant. Le soir venu seulement, nous nous accordions le répit d'un dîner dans les quartiers espagnols ou en haut de la colline de Vomero. Après quoi, nous nous livrions à nos ébats amoureux et symbiotiques dans notre chambre à l'auberge. Pendant nos délicieuses pauses au lit, ma main effleurait toute la surface du corps de Myriam sous le regard indiscret du piètre ventilateur à flanc du lit. Je l'écoutais lire à haute voix les grandes lignes de l'histoire de la cité de Naples, ses monuments, ses artistes et ses guerres. Ces douces lectures nocturnes préparaient nos esprits à l'émerveillement afin de profiter pleinement des visites inscrites au programme estival du lendemain.

Myriam était belle et rayonnante. Le pas nonchalant, elle scrutait la carte de la ville afin d'identifier le chemin le plus proche jusqu'au port de la cité. Je lui tenais la main et pressais le pas en suivant mon instinct, nous devions nous rendre à Ischia en mer Tyrrhénienne après quelques jours passés à nous délecter des trésors de Naples. Nous nous frayâmes une voie dans le tumulte du port jusqu'au ferry. Malheureusement, ce n'était pas un voilier de la période aragonaise mais plutôt un affreux condensé de métal et de mécanique sans aucun charme. Celui-ci avait enfourché la mer pendant une bonne heure avant de nous livrer à la terre ferme de l'île. Nous cheminâmes ensuite le long de la route escarpée et parsemée d'oliviers, figuiers, agaves et vignes jusqu'au point culminant de l'île où se trouvait notre hôtel, une villa rustique surplombant la flore luxuriante et colorée de l'île. Cernés par le bruit des grillons, on sentait le parfum des genêts, des lentisques et des lauriers. Je saisis un rameau de myrte un bref instant, hypnotisé par l'odeur délicieuse et fraîche, puis le tendis à Myriam. Elle accepta mon modeste présent en agrémentant la scène d'une élégante révérence.

Sur les petites plages en mouchoir de poche au milieu des rochers noirs, je m'étais rendu compte que je m'étais, pour la première fois depuis un long moment, complètement détaché de l'actualité nationale et internationale. J'étais quasi incapable de citer le moindre événement. Un air silencieux mais distrayant s'installait entre moi et Myriam, soutenu par l'engourdissement provoqué par la chaleur sous le doux soleil. Le soir, nous dînions au pied de l'île dans un des restaurants du port. Nous remontions ensuite la route en pente raide jusqu'à l'auberge. Passé les dernières demeures, le clair de lune se substituait aux lampadaires du village, traçant la voie au bout de la nuit. Dans le noir de la route, Myriam me confia qu'elle avait entretenu l'ambition de devenir juge d'instruction. Après un parcours en sciences économiques à la faculté, si elle avait intégré la librairie au début, c'était d'abord pour se préparer financièrement à des études à l'école française de la magistrature. Ce n'était plus le cas aujourd'hui, elle avait accepté d'enterrer son rêve d'enfance. Néanmoins, elle imaginait, non sans amertume, la déception de Bernard si elle devait lui annoncer son départ de L'Orée. « Tu te trompes, il sera content pour toi », répliquai-je. Elle cultivait une sorte de tropisme pour les jeux d'éloquence. Généralement, je me limitais à écouter ses déclamations. Quelques fois, nous nous amusions ensemble aussi, mais sur un ton de légèreté. Myriam lançait soudainement une diatribe hilarante et ubuesque. Je tâchais de répondre et à souffler sur le feu :

— « Amis Ischiadiens et Ischiadiennes. Mes chers compatriotes, l'heure est grave. Si je me prosterne devant vous aujourd'hui, si je fronce les sourcils et mets du miel dans ma plume, c'est que notre ennemi complote, mes chers amis. »

— « Notre véritable ennemi n'a pas de parti, il n'a pas de visage. Pourtant, il gouverne nos côtes. Notre véritable ennemi est… »

— « Bob. Il éponge nos ressources et assèche nos mers. »

— « Moi Ischiadien, je resterai fidèle à ce que je suis. Je prendrai garde à la putride pâmoison. Moi Ischiadien, je chérirai la liberté et la comblerai de baisers tendres et enflammés. »

— « L'heure est venue, mes chers amis. Sans tambour ni trompette, relevons ensemble ce formidable défi. Préparons nos lyres. Êtes-vous prêts, mes chers camarades ? »

— « Oui ! »

— « Peuple d'Ischiasie, restons dignes. Orphée, n'a-t-il pas charmé les plus farouches d'entre nous ? »

— « Oh que oui ! »

— « Nous avons tant à faire, aucune leçon à nous donner mais tant de combats à mener. »

— « Oyez, Oyez ! »

Si je le pouvais, j'aurais prolongé ad vitam aeternam mon séjour en Italie avec Myriam. Adieu le travail à L'Orée et le vacarme de la métropole. Hélas, je ne le pouvais point.

Les retours de vacances sont parfois empreints d'une forme de déni nostalgique, je l'acceptais telle quelle et ne cherchais pas à la cerner plus que ça. Myriam était en revanche déjà dans son élément, sans aucune discontinuité. Je la voyais s'activer dans la librairie : tri, commandes, renseignement et encaissement des clients. Elle intervenait sporadiquement auprès de Dao, lui donnait des conseils et quelques directives. Elle discutait gestion des affaires et stratégie avec Bernard. Volume des ventes, marges, aménagement des rayons et programme des auteurs à inviter à la librairie. Ses initiatives étaient omniprésentes. Je voulais la serrer dans mes bras, lui caresser les cheveux et l'embrasser. À défaut, je végétais paisiblement dans mon rayon. Je préparerais une fiche sur Les Trois Sœurs de Tchekhov. Je m'imaginais en province avec Macha, Olga et Irina. Je les écoutais avec sympathie rêver d'espoir, d'évasion et de retour à leur vie d'enfance en métropole. Je me posais la même question en retour, à quoi pouvais-je rêver ? Je m'essayais aux effluves d'ennui, à la pesante solitude et à l'angoisse de péricliter. J'étais envoûté par leur humour et culture. Je vis de près le pouvoir de séduction des trois grâces sur les officiers du régiment. J'étais ravi de faire la connaissance de Verchinine. Natalia ne m'inspirait pas confiance mais je lui accordais volontiers le bénéfice du doute. Et puis, qui suis-je pour juger. Myriam me réveilla soudainement « Je déjeune à l'extérieur avec Bernard, on doit préparer la sélection de la rentrée littéraire. À tout à l'heure ». Le sourire enjoué, l'index de sa main droite tambourinait mon avant-bras gauche nu. Elle était devant moi comme si elle avait émergé de nulle part. Je voulais lui dire qu'elle m'avait manqué mais elle s'éclipsa aussitôt.

Il n'y avait presque pas de clients à cette heure-ci, je m'étais assis sur le deuxième siège à côté de Dao derrière la caisse de son rayon. Il grignotait un sandwich au thon et buvait à petites gorgées l'eau d'une petite bouteille entreposée sur le comptoir de la caisse, de temps à autre. Je lui souhaitai bon appétit puis entamai mon déjeuner. Je m'étais procuré un taboulé chez un traiteur libanais à deux pas de la librairie. Il faisait encore chaud au mois de septembre. Nous avions l'habitude de recourir à un ventilateur dans les locaux de la librairie. Un petit frigo était à notre disposition également dans l'espace cuisine et il y avait en plus une cafetière et un four micro-ondes. Dao savait que j'étais en séjour estival en Campanie avec Myriam avant la reprise du travail, il entama la discussion :

— « Vos vacances se sont bien passées, ça devient sérieux entre toi et Myriam ? »

— « J'ai adoré Naples, c'est une belle destination. Nous avons aussi fait la traversée à Ischia en ferry. Le cadre y est magnifique. »

— « Tu ne réponds pas à ma question sur ta relation avec Myriam », lança Dao, un léger sourire aux lèvres, en me tapotant l'épaule.

— « Ça se passe très bien entre nous deux, on se découvre doucement mais naturellement. »

— « Je suis content pour vous, vous êtes assez différents l'un de l'autre, tu le sais ça ? »

— « Qu'est-ce qui te fait dire ça ? »

— « Je comprends que tu t'es retrouvé à la librairie par le hasard des choses. Myriam a en revanche choisi de travailler ici depuis le début. »

— « Je vois, ce n'est pas faux. Au fait, tu as organisé ta prochaine randonnée ? »

« C'est toujours en cours. J'envisage de faire l'ascension du mont Charvet dans le massif des Aravis mais je dois encore me renseigner. L'itinéraire n'est pas balisé, ce n'est pas un sentier tracé. J'ai ramené du thé au jasmin. Je te sers une tasse ? »

— « Volontiers. »

Dao était un grand amoureux de la nature. Amateur de randonnées alpines et grand sportif, il avait sillonné tout le territoire en quête de paysages rares, et de dépassement de soi. Contemplatif, il nourrissait le besoin viscéral de se mettre au diapason des énergies de la nature. Il racontait avec passion ses moments privilégiés dans les vallées, en haute montagne et sur la côte méditerranéenne. Il s'extasiait sur le bruit d'un courant d'eau qui ruisselle et avait un faible pour les panoramas sur les pointes Alpines du haut des arêtes faîtières. Il appréhendait le jour où il se retrouverait face à un ours. Ce n'était pas une phobie mais plutôt une angoisse. Il était conscient que l'ours attaque l'homme très rarement et connaissait par cœur le comportement à adopter face à une charge de l'animal ainsi que les précautions à suivre pour éviter une rencontre fortuite. Il s'exerçait depuis un moment à l'escalade car il ambitionnait d'élargir au maximum son prisme aventurier, prisme de quête de l'exceptionnel. La philosophie et la poésie constituaient la deuxième passion de Dao. Il soutenait bec et ongles la thèse d'une interdépendance de cœur entre la philosophie et la poésie et ne s'encombrait jamais du rapport historiquement frileux entre les adeptes des deux genres. « Vous imaginez Platon chasser Saint-John Perse de la cité ? » disait-il lorsque nous le titillions sur une supposée dichotomie. Dao caressait le rêve d'ouvrir sa propre librairie à Hanoï. Il préférait Hanoï à Saïgon, plus authentique à son goût. De plus, la communauté francophone de Hanoï était plus nombreuse et croissait année après année. Il rêvait également d'escalader les innombrables îles de la baie d'Along à la recherche du dragon perdu. C'était un si beau projet qui méritait bien des rêveries, je me disais parfois. J'enviais presque le suave émerveillement de Dao.

Au retour de Bernard et de Myriam, la routine affairée du matin s'était prolongée jusqu'à l'heure de fermeture de la librairie. Myriam demeurait fugace et non moins occupée à exécuter moult tâches opérationnelles. De mon côté, j'avais poursuivi la préparation de ma fiche sur Les Trois Sœurs. Je voyais une sorte de distance invisible s'installer entre Myriam et moi. Comment résorber ce décalage rampant ? Et si je travaillais ailleurs qu'à L'Orée ? Mieux encore, nous pourrions tenir tous les deux notre propre librairie. À deux, nous pourrions sans aucun doute réunir les garanties nécessaires au financement. Si nous faisions suffisamment attention sur les dépenses, nous pourrions également réunir un premier apport. Une ébauche d'idée émergeait et cela m'enthousiasmait au plus haut point. Je décidai de faire plus de recherches avant d'en dévoiler le contenu à Myriam. Je comptais lui faire une surprise. Un projet bien ficelé, tel était mon cadeau. Après la fermeture, je décidai de rentrer chez moi à pied. Myriam avait cours de théâtre le lundi soir. Je prendrai le temps pour marcher paisiblement. Les rues étaient moins animées le soir et il y avait moins de trafic sur les routes. Je me procurai une demi-baguette sur le chemin. Mon projet secret ne quitta pas mes esprits, je devais consulter les annonces de cession de fonds de commerce, envoyer des lettres, appeler des gens et probablement aller à leur rencontre. Quelle localité cibler? Devais-je me restreindre à la région de l'île de France, autour des métropoles plus généralement ou bien avais-je intérêt à couvrir tout le territoire national ? L'idée de vendre des livres dans une petite ville reculée sur la côte méditerranéenne me faisait doucement rêver mais le projet devait surtout être sérieux et pérenne, inutile de romancer ma prochaine aventure. Les marges étant faibles selon Bernard, il me fallait absolument approximer le nombre de lecteurs potentiels dans la localité cible et me renseigner sur le nombre de librairies existantes sur place. C'étaient des paramètres importants à considérer afin d'éviter un projet mort-né, une décision hâtive. Je devais aussi deviner le motif de la vente. Idéalement, une librairie ayant pignon sur rue dont les propriétaires souhaitaient prendre une retraite bien méritée. Quant au montant de l'apport initial rapporté à l'investissement requis, je devais surtout sonder ma banque. Je ne pouvais pas en parler à Bernard, il n'était pas question de courir le risque d'ébruiter mes intentions. Pourtant, j'aurais bien aimé le consulter. Il était fort expérimenté dans le domaine. Tant pis, j'allais avancer masqué cette fois-ci, je n'avais guère le choix, me dis-je. J'étais rentré chez moi vers vingt et une heures. Je me rendis compte en ouvrant le frigo que contrairement à ce que j'espérais, je n'avais plus assez de légumes pour préparer la soupe que j'affectionnais tant le soir. Je saisis du houmous et un bout de camembert que j'accompagnai avec un morceau de pain et un verre de vin rouge. C'était toujours mieux que rien. En revanche, il me restait des haricots blancs, même de quoi préparer une bonne ration. Je les mis dans une casserole remplie d'eau. Je me réveillerai plus tôt le matin afin de les cuire et de les assaisonner avec de la sauce tomate.

Je pris l'habitude de lire une heure au lit avant de me coucher, quelle que soit l'heure à laquelle je me retrouvais chez moi. La lecture m'apaisait. Elle me procurait un effet puissant et vertueux de remise à zéro et d'abandon des broutilles accumulées en journée. Ces passions qui n'en étaient pas unes, ces futiles brouilles qui encombraient l'esprit. Je cherchai vainement le pied de Myriam. Il m'arrivait d'effleurer presque inconsciemment ses pieds avec mes orteils à chaque fin de chapitre ou de scène marquante, histoire de mettre un point d'orgue. De son côté, elle plongeait sa main droite dans mes cheveux de temps en temps. Je ne savais pas si comme moi elle matérialisait ainsi sa délectation de la lecture du livre qu'elle tenait entre les mains ou bien qu'elle le fit pour une raison distincte. Je n'avais toujours pas terminé Les Trois Sœurs de Tchekhov. J'avais lu et résumé les trois premiers actes, restait le dernier à parcourir. Quelque curieux que je fusse d'en finir avec le quatrième acte, je tempérai ma ferveur. J'étais allongé dans mon lit et j'avais à vrai dire largement le choix. Ma modeste bibliothèque embellissait jour après jour. L'optionalité est libératrice, telle était l'épiphanie qui me traversa fugacement l'esprit. Bien que j'éprouve le même plaisir en lisant Les Trois Sœurs ou n'importe quel autre livre pioché dans ma bibliothèque, je ressentis une espèce de perte latente à choisir le premier, c'était le choix du rossignol enfermé dans une cage dorée. En même temps, quel livre choisir au sein de la bibliothèque, il y en avait tellement. Ce baragouin cérébral me fit doucement sourire. J'optai finalement pour la prose du Transsibérien de Blaise Cendrars. Ce soir-là, j'allais voyager de Moscou à Kharbine et palper le parfum de Sibérie. Je poussai un soupir de soulagement car bien que j'aie déjà lu ce poème, c'était toujours avec le même enchantement que je le parcourais de nouveau. Il y a des écrits intemporels qui suscitent à chaque lecture la même ferveur, le même ravissement. Ils ne cèdent rien à l'étonnement premier et façonnent le réceptacle de notre intuition. Ils affinent incontestablement notre regard sur le monde qui nous entoure et sur nous-mêmes.

Le lendemain matin, j'étais assis sur la chaise haute derrière le comptoir de la caisse qui me servait de bureau également lorsque je finis de rédiger ma fiche sur Les Trois Sœurs. Il s'agissait d'une analyse de quatre pages environ, précédée d'un court commentaire. J'en préparais deux à trois par mois. Bernard se servait de certains de ces commentaires en préambule pour éclairer le choix des clients de la librairie. Ils les attachaient à la couverture des livres de son choix via des petites agrafes métalliques. L'analyse du travail d'illustres dramaturges n'était jamais une mince affaire. Je me devais d'explorer avec une réelle volonté d'humilité toutes les dimensions du récit selon mon propre prisme de lecture. Ce même prisme qui ne prétendait pas revêtir un caractère universel. La voix d'une œuvre obéit à un contexte local dans l'espace-temps, me répétai-je. Cette position d'altérité me mit mal à l'aise dans un premier temps. Elle ne me facilitait véritablement pas le travail du libraire novice que j'étais. Ma démarche d'analyse était toute simple, la plupart du temps je me focalisais exclusivement sur quelques éléments, la beauté du style, la charge tragique, la profondeur des personnages et enfin le message allégorique de l'œuvre. Deviner ce message dissimulé, cette résonance universelle était de loin la tâche la plus ardue.

À l'heure du déjeuner, je m'installai avec Myriam et Dao au bistrot de la rue. Ce jour-là, Bernard avait la charge d'assurer la permanence pendant la pause déjeuner. Myriam commanda une omelette aux champignons, Dao opta pour une salade César. Je demandai une assiette de frites pour accompagner les haricots blancs préparés ce matin. Je sentis que Myriam éprouvait le besoin de me dire quelque chose car j'entrevis un bref instant une expression interloquée sur son visage. Elle s'adressa ensuite à Dao :

— « Alors, qu'est-ce que tu as prévu ce week-end ? »

— « Le semi-marathon de fontainebleau, et vous ? »

— « Le parti travailliste tiendra son congrès ce week-end. Une longue et dure épreuve pour les petites mains comme moi qui débutera dès le vendredi soir et se prolongera jusque tard dans la nuit du dimanche », répondit Myriam.

— « Pas de cinéma le samedi soir alors ! » affirmai-je. Je rajoutai « Je travaille le samedi à L'Orée cette semaine de toute façon. ».

Nous devions en effet assurer tous les trois et à tour de rôle la journée du samedi à la librairie tandis que Bernard était présent en permanence. Puisque nous disposions d'une trêve de deux jours par semaine, la personne d'entre nous trois astreinte le samedi ne travaillait de facto pas le vendredi de la même semaine. Une fois les plats servis, Dao se dirigea vers les toilettes. Myriam était assise en face de moi lorsqu'elle saisit légèrement le poignet de ma main gauche entreposée sur la table, jeta un bref regard sur mes lèvres puis lança « On se voit toujours ce soir, n'est-ce pas ? Je dois récupérer quelques affaires à la maison après la réunion du club de lecture. Je te rejoindrai ensuite chez toi ». Elle n'était plus en colocation, ses recherches avaient abouti juste avant notre voyage à Naples. Dorénavant, elle habitait un deux-pièces au dixième arrondissement de Paris. Le déménagement eut lieu un dimanche. Tout le monde y avait mis du sien. Bernard nous prêta aimablement sa camionnette que conduisit Dao. Le matin fut consacré au chargement des affaires dans le véhicule. À bras-le-corps, nous fîmes d'interminables allers-retours entre l'ancien appartement situé dans le dix-huitième arrondissement et la camionnette stationnée en bas de l'immeuble. À midi, nous engloutîmes à la hâte des sandwiches préparés sur place avant de nous diriger vers le nouvel appartement. Par la suite, nous nous attaquâmes au déchargement. Nous devions acheminer les affaires empaquetées jusqu'au quatrième étage, sans ascenseur, ce qui rendit la tâche suffisamment pénible. Une fois le frigidaire installé, Myriam y glissa sans attendre un pack de bières, de quoi nous rafraîchir pendant nos courtes pauses amplement méritées. Elle brancha ensuite son poste radio CD sur secteur dans la cuisine. Je devinai le titre « Girl, You'll Be a Woman Soon » interprété par Neil Diamond. Après la fin du déchargement, Dao s'en alla rendre la camionnette à Bernard. Il ne restait plus que Myriam et moi sur place et nous devions encore tout déballer puis enfin aménager l'espace. Cet exercice se prolongea jusqu'à une heure tardive dans la nuit. Nous passâmes la première nuit dans le petit appartement, sur le matelas à même le sol.

La perspective de devoir divaguer le dimanche prochain m'ennuyait à l'avance. Néanmoins, il faisait encore beau dans la capitale, je m'imaginais allongé sur la pelouse vallonnée du parc des Buttes Chaumont. Un bouquin entrouvert et abandonné sur le visage préservait mes yeux contre les rayons de soleil pendant que je faisais nonchalamment une longue sieste. Je me délectais d'emblée de cette délicieuse scène. De quoi allais-je rêver ? Idéalement, je choisirais moi-même un thème de manière aléatoire à l'intérieur d'un tiroir dans les tréfonds de l'être. Appelons ces tréfonds la conscience ou l'inconscience, peu importe. Cela suffirait ensuite à enfanter un doux mirage, un rêve sur mesure. Je pouffai derrière ma caisse. Je devais aussi écrire à Hugo, cela faisait un petit moment que je n'avais plus reçu de nouvelles. En y réfléchissant un peu plus, il me semblait avoir retenu de Jens à Bruxelles qu'il avait décidé à la suite du décès de Sophie de privilégier avant tout de passer les fins de semaine avec son fils. Je me dis alors qu'avec un peu de chance, Hugo devait rentrer à Bruxelles ce vendredi soir. Je pourrais peut-être passer la journée en ville et lui rendre visite un court moment avant de reprendre le train pour Paris. J'esquissai les contours de cette lubie naissante puis demandai à Bernard s'il voulait bien me remplacer le temps d'une course impromptue. Je me rendis au kiosque à journaux situé à quelques encablures de L'Orée pour y recharger ma carte de téléphone mobile prépayée. Je saisis la carte de visite de Jens puis composai le numéro de son bureau précédé de l'indicatif téléphonique de Belgique. Je tombai sur son assistant, Jens était en réunion. Je demandai de le prévenir plus tard de mon appel sans rien dévoiler de mes intentions. L'assistant de Jens prit soin de noter mes coordonnées ainsi que mon nom complet. Je regagnai ensuite la librairie. Une cliente errait paisiblement dans mon rayon. Je proposai immédiatement de la renseigner. C'était une jeune étudiante en journalisme qui s'était récemment inscrite et pour la première fois à un cours de théâtre dans le dessein d'expérimenter le plaisir de la scène. Elle était à la recherche d'une comédie contemporaine. Je lui passai un exemplaire du texte de la pièce « Un air de famille » écrite par Agnès Jaoui et Jean-Pierre Bacri, et lui demandai si elle avait vu le film, elle répondit par la négative pendant qu'elle lisait le synopsis. Elle affirma ensuite sur un ton allègre et teinté d'ironie :

— « Le récit est tellement parlant, je le prends ! »

— « Si vous le souhaitez, faites l'exercice d'isoler les traits de caractère de chacun des personnages puis les conflits latents entre eux, à mesure que vous avancerez dans la lecture. Cela ouvre des portes intéressantes », complétai-je.

J'encaissai l'achat avant de rejoindre l'espace cuisine. Je me préparais un café corsé lorsque Dao me fit signe de son siège « allongé pour moi s'il te plaît ». Il consultait un essai sur la théorie de l'intuition. Je lui demandai s'il comprenait un mot de ce qu'il lisait. Mon interrogation taquine provoqua un gloussement désinvolte de la part de Dao.

Jens m'avait rappelé en début de soirée, il s'excusa d'emblée d'avoir raté mon appel. Le ton était cordial. Il s'enquit patiemment de mes nouvelles et me demanda également si les vacances estivales s'étaient bien déroulées. Il était sûr de lui, je ne relevai aucune once d'hésitation ni la moindre improvisation comme s'il connaissait parfaitement toute mon histoire. Je me remémorai immanquablement ma première rencontre avec Bernard. Je lui expliquai que je ne travaillerais pas le vendredi de la semaine en cours et lui fis part de mon intention de rendre visite à Hugo, si possible. Jens se montra ravi de ma proposition puis me suggéra de passer en amont prendre le café à son bureau, le vendredi à dix-sept heures. Il allait ensuite lui-même me conduire à son domicile, Hugo devait y être en fin d'après-midi.

7

Myriam organisait une pendaison de crémaillère ce soir. C'était un jeudi, elle tenait à célébrer l'emménagement pendant qu'il était encore frais, et l'enterrement de la colocation au passage. Autant de raisons pour festoyer entre amis et pour espérer un avenir radieux. Nous nous rendîmes à son logement directement après la fermeture de L'Orée, sans flânerie aucune. Nous fîmes halte à la supérette en bas de l'immeuble, une quinzaine d'amis étaient conviés à la célébration de ce nouveau départ et il fallait agrémenter la soirée de collations et de boissons rafraîchissantes. Je remis la housse du fauteuil en place puis rangeai quelques affaires rebelles. Je tentais de libérer le plus d'espace possible dans le petit séjour pendant que Myriam préparait la table de banquet.

Les premiers convives apparurent vers vingt heures comme prévu. Il s'agissait de Marie-Jeanne, une camarade jeune travailliste. Je l'avais déjà rencontré par le passé dans un café au dix-huitième arrondissement, j'avais rejoint alors Myriam à la fin de son entrevue avec son amie. Les deux compères préparaient un événement quelconque, il m'avait semblé sur le moment. J'avais toujours montré très peu de curiosité vis-à-vis de la vie partisane de Myriam. Pour autant, elle ne me le faisait jamais remarquer. Ce soir, sa camarade militante était accompagnée de son petit ami

David, je leur servis du vin rouge à leur demande puis un verre de blanc à Myriam. En ce qui me concernait, je buvais une bière brune à petites gorgées. Je saisis un CD parmi la pile de livres, cassettes et autres disques compacts. Je l'introduisis dans le lecteur de musique puis m'approchai de la petite clique enflammée par les potins de la jeunesse du parti. Le lecteur CD libéra les premières rafales de sons et paroles rythmées, celles du titre « La Tribu De Dana » du groupe Manau. Myriam s'était presque métamorphosée. Enthousiaste, elle articulait rapidement, affichait une gestuelle plus démonstrative et s'exprimait d'une voix plus forte qu'en circonstances habituelles. David avait montré une courte curiosité à mon égard. Nous nous étions détournés provisoirement des sujets de discussion de nos compagnes respectives. Sur un ton avenant et cordial, il souhaitait savoir comment j'avais connu Myriam, quels étaient mes projets professionnels pour l'avenir et mes activités extraprofessionnelles. Je n'avais pas réellement d'activités en dehors de L'Orée et je projetais mon avenir en tant que libraire. Un deuxième groupe de personnes se présenta à la porte, des amis de Myriam et anciens camarades à la faculté. Un troisième groupe de la jeunesse du parti suivit de peu. Cette fois-ci, j'invitai tout le monde à se servir directement dans la table de banquet. J'ouvris les fenêtres lorsque Dao s'était pointé. L'ambiance était conviviale, il s'était installé comme une ambivalence tacite entre les groupes. Seuls le banquet et la musique rassemblaient les énergies éparses de la petite société. Myriam était comme un poisson dans l'eau, elle naviguait avec grâce entre les multiples assemblées. Insaisissable, elle échangeait quelques rires et propos enjoués puis disparaissait tel un mirage. J'avais passé pratiquement toute la soirée à discuter avec Dao. Nous nous tenions à proximité de la table, les va-et-vient des uns et des autres avaient suscité quelques bribes de discussions joviales et de circonstance avec les invités. Dao émit une théorie hilarante sur une hypothétique causalité entre la liqueur et la stimulation de l'intuition à laquelle je rétorquai que l'intuition était un acte spontané de l'esprit par définition, échec et mat. Ces joutes juvéniles et rigolardes provoquèrent une salve jouissive de fous rires. Les convives commencèrent à se retirer à partir de minuit et Dao fut le dernier à s'en aller. Myriam et moi étions restés éveillés, le temps de faire la vaisselle et de ranger tous les ustensiles utilisés. Je passai ensuite un coup de serpillière sur le sol. Nous avions enfin mérité le droit au repos.

Le lendemain, je m'étais réveillé plus tard que d'habitude vers neuf heures du matin. Je vérifiai l'heure lorsque je pris conscience de l'absence de Myriam à côté de moi. Elle était déjà à la librairie, me dis-je. Elle s'était extirpée du lit sans le moindre bruit ou mouvement brusque. De plus, j'étais indubitablement trop éreinté pour m'en rendre compte. Nulle précipitation, il était vendredi et je ne travaillais pas aujourd'hui. Je pris d'abord une douche, paradoxalement l'eau chaude me revigore autant qu'elle me détende. Il me suffisait de fixer l'effet escompté au préalable, comme si j'appuyais sur une touche fictive. Mieux encore, comme si je disposais d'une lampe magique abritant un esprit omnipotent. « Génie, stimule mon niveau d'énergie », je formulai ainsi mon vœu ce matin. Je me préparai un café puis me mis face à la fenêtre pour le boire sereinement. Le ciel était bleu clair et parsemé de quelques nuages à peine sous forme de filaments blancs à l'éclat soyeux. Je m'imaginai en gouttelette d'eau pure et cristalline emportée par les nuages et traversée par les rayons de soleil éblouissants. Je me libérerais au-dessus d'un vaste lac à l'eau turquoise ou bien d'un bassin au pied d'une cascade en Guyane. La chute libre est tout un voyage. Mes cristaux de glace se brisèrent d'emblée, le vent me chatouillait de tous bords. Quel plaisir ! J'arrêtai de rêvasser, le bruit de la circulation et le vis-à-vis au loin avaient dissipé la vague de ravissement qui domptait progressivement mes sens mais la journée s'annonçait très belle. Je bus d'un trait le café froid qui restait dans la tasse, je n'osais jamais le déverser dans l'évier. Tant pis. Je mis un bouquin, une pomme et une petite bouteille d'eau dans ma sacoche bandoulière puis me dirigeai vers la gare du Nord. Je prendrai le premier train pour Bruxelles.

Le trajet est relativement court et je n'avais rien organisé. Je comptais improviser sur place et flâner jusqu'à dix-sept heures avant de me rendre au bureau de Jens. Le train sillonna les forêts de la Somme en Picardie et les pâturages du Nord. Nous nous engouffrâmes ensuite en Belgique par la commune de Wannehain. Je sortis le bouquin de mon sac mais j'étais d'humeur rêveuse, il m'était difficile de lire plus d'un paragraphe sans me perdre dans mes pensées piégées quelque part dans le passé. Je saisis un journal datant de la veille, délaissé sur le siège voisin de l'autre côté de l'allée traversant la voiture et commençai à croquer la pomme. L'actualité allait me sortir de l'espèce d'hypnose dans la laquelle je me baignais pour me ramener à l'instant présent. Je débutai par la rubrique *Culture*, une transition lisse envers la rugueuse actualité, plus tard. Le musée d'Orsay abritait une exposition sur l'œuvre de Van Gogh, j'appris que le peintre eut une première vie en Belgique en tant que missionnaire évangéliste avant de se consacrer à son art. Je feuilletai par la suite la rubrique *International*. Le tableau de l'actualité s'était vite noirci, il y avait amplement le choix. Crise économique aiguë et risque d'éclatement de la fédération russe, nomination d'un nouveau Premier ministre par le président Eltsine. Je me souvenais de la crise économique dite asiatique une année auparavant mais en voilà une autre. A priori, le marasme économique en Asie se transformait en crise politique, d'après un second article, toujours dans la même rubrique. Les étudiants à Djakarta avaient repris les manifestations devant le parlement indonésien. Qu'est-ce qui peut bien se passer en France ? me demandai-je. Campagne électorale pour les législatives en fin de mois. Les bisbilles de la campagne ne m'intéressaient point, je refermai aussitôt le journal puis le posai sur le siège voisin où je l'avais récupéré. Je me tournai vers la vitre après cette brève session de rattrapage de l'actualité maussade. Je trépignais d'ennui mais il ne me restait plus qu'à patienter jusqu'à la fin du trajet. Une fois arrivé à destination, je descendis à la première gare, celle du Midi, car elle est proche du quartier où j'envisageais de déjeuner, en comparaison à celle de Bruxelles Central en plein centre de la métropole. Je connaissais plutôt bien la ville car je m'y étais rendu à plusieurs reprises. J'appréciais ses nombreux petits musées, ses fresques murales disséminées un peu partout entre le centre-ville et Laeken. J'aimais me perdre dans les rues des Marolles et de Saint-Gilles, et papillonner au Mont des Arts. Cette fois-ci, je ne disposais pas suffisamment de temps pour rassasier mon désir de vagabondage.

Il était déjà presque treize heures. Je déjeunerai rapidement au marché du parvis de Saint-Gilles à proximité immédiate de la gare avant de décider du programme de l'après-midi. Sur le parvis, j'achetai un sandwich au thon au premier stand où j'avais atterri puis deux poires chez le commerçant voisin que je mis dans mon sac. Je bus une gorgée de ma petite bouteille d'eau, le commerçant fractionna un bout de bulbe de fenouil et me dit « Mettez ça dans votre bouteille. C'est rafraîchissant, vous verrez ». Je m'exécutai aussitôt, il avait bien raison, approuvai-je. Je l'en remerciai. J'avais subitement envie de verdure pour la suite de la journée, le ciel était couvert par une myriade de nuages sporadiques mais il ne pleuvait pas. J'avais déjà visité le bois de halle, j'en gardais un souvenir brûlant d'extase. J'y étais allé un jour de printemps en semaine, tôt le matin, avant le débarquement des premières colonnades de visiteurs. Un léger vent frais soufflait par-dessus les hêtraies, provoquant le crépitement des feuilles juchées sur les cimes des arbres élancés. Je frissonnai un court instant dans ma chemise en jean, éculée. Une poignée de rayons de soleil pénétraient laborieusement jusqu'au sous-bois à travers la brume matinale. J'étais hypnotisé par la beauté du tapis bleu et violet de jacinthes sauvages. Le paysage était bien réel, je me croyais dans un rêve. Je remis de l'ordre dans mes pensées, si la saison cette fois-ci ne se prêtait pas à une promenade au bois de halle, il y avait des jardins que je voulais visiter à Laeken au nord de la ville, les jardins du fleuriste. Je demandai au commerçant comment on pouvait m'y rendre, « Il faut prendre un bus à côté de la gare du Midi, vous y serez dans trois quarts d'heure. C'est loin mais c'est beau », me prévint-il. Je profitai du trajet en bus pour manger mon sandwich ainsi qu'une poire. Le commerçant n'avait pas tort, les jardins étaient résolument beaux. J'étais agréablement surpris par l'éclat des trois parcs qui forment l'ensemble des jardins à tel point que j'étais incapable de décider de l'endroit où m'asseoir, le temps d'admirer la vue ambiante. Le jardin colonial retint particulièrement mon attention. Je n'étais pas en mesure de nommer les fleurs qui bordaient la vaste pelouse tondue au ras le sol. Néanmoins, le contraste entre les couleurs m'avait troublé au départ. En un sens, les couleurs excentriques des plantes exotiques perturbaient délicieusement le vert constant de la pelouse. Je me projetai subitement au Sénégal avec un brin de nostalgie. Je parcourus les sentiers sombres et étroits de la zone boisée au milieu des hêtres, des marronniers, des sureaux et des châtaigniers. Je respirai un bon coup puis me dirigeai vers la terrasse à côté du bac à sable au nord du parc. Sur le chemin, j'aperçus deux adolescents sur un banc, chacun d'eux tenait un calepin et agitait un crayon sur une feuille. Je me rapprochai, curieux de jeter un œil sur leurs croquis respectifs. Le premier dessinait la villa coloniale à l'extrémité sud de la pelouse tandis que le deuxième esquissait l'imposant cèdre sur la même pelouse. Ils m'avaient d'abord regardé d'un air amusé, puis me proposèrent d'essayer de tracer un dessin quelconque, les paysages procuraient largement le choix. Je déclinai gentiment la proposition. Bien que l'exercice m'intéressât certainement, je ne visualisais pas par quel élément entamer le dessin. Il me fallait une sorte de trame que je pourrais visiter à volonté, dans mon esprit. C'était un faux blocage voire un prétexte d'après les deux apprentis dessinateurs, il suffisait de se lancer, la trame s'imposerait d'elle-même au fil des traits. Un des deux adolescents arracha la feuille de son carnet sur laquelle il avait dessiné la villa coloniale et me la tendit « Tenez, c'est pour vous ». Je l'en remerciai vivement et continuai mes pérégrinations jusqu'à la terrasse, m'assis sur un banc puis sortis la deuxième poire de mon sac.

J'aurais bien voulu me balader le long du canal mais il était déjà presque seize heures. J'examinai le plan des transports en commun de la ville, je ne voyais aucun tracé direct jusqu'au bureau de la Commission européenne. Je devais me résoudre à prendre un premier bus jusqu'au Botanique puis un deuxième jusqu'à ma destination, à proximité immédiate du Berlaimont. « Pourquoi a-t-il insisté pour me voir avant ? » me dis-je à propos de Jens, j'aurais pu me rendre directement à son domicile et retrouver Hugo. L'idée de devoir abréger ma promenade en ville pour un café dans un bureau enfermé quelque part dans des locaux administratifs m'ennuyait plus que ce que j'avais anticipé finalement, même si la personnalité de Jens m'intriguait fortement. Je tempérai ma frustration puis me dirigeai vers l'arrêt de bus.

J'étais arrivé juste à temps pour mon rendez-vous. Je marchais vers l'entrée du bâtiment lorsque j'aperçus la stèle de Bernard Schuman. J'expliquai à l'accueil que Jens m'avait convié pour un café, ce qui fit sourire tout le personnel sur place. On m'avait réclamé dans un premier temps une pièce d'identité, donné un badge visiteur, avant de finalement m'enjoindre de patienter. Il y avait quelques fauteuils dans le hall, plutôt confortables. Je vis deux panneaux, le premier listait les principales salles de réunion du bâtiment tandis que le deuxième affichait les noms des commissaires à commencer par Jacques Santer, le président de la commission. On voyait l'emblème européen bleu avec des étoiles partout, une sorte d'obsession, pensai-je. Une personne se pointa devant moi quelques minutes plus tard, « Bonjour, M. Duroy, je suis l'assistant de M. Jens. Nous nous sommes parlé brièvement au téléphone hier ». Il me pria de le suivre, nous passâmes les tourniquets sous l'œil vigilant de quelques gardes, ensuite nous prîmes un des nombreux ascenseurs jusqu'au douzième étage. Des gens affublés de tailleurs et de costumes cravates parcouraient les couloirs sans prêter attention à ma présence. Pourtant, je faisais tache, vêtu comme j'étais en jean et chemise. Je m'installai dans une grande salle sur un des fauteuils de bureau autour d'une imposante table ovale. Une pancarte de table avec mon nom complet était posée juste devant moi, en plus d'une carafe d'eau en verre. L'assistant me demanda si je désirais des gâteaux puis disparut dans le couloir. Je n'avais pas faim, j'ouvris la carafe et remplis la bouteille que j'avais dans mon sac, elle était presque vide. Jens apparut au bout d'une dizaine de minutes. Souriant, il me serra la main avec vigueur et me tutoya d'emblée. Il resta debout un moment puis suggéra brusquement de changer d'endroit. Il y avait une cafétéria tout au bout du couloir, un espace ouvert avec une grande baie vitrée depuis le douzième étage. Nous nous assîmes autour d'une petite table ronde. Jens réclama deux tasses de café puis me dit :

— « La vue est meilleure ici. Comment s'est passée ta journée à Bruxelles ? »

— « Très bien, un peu courte malheureusement mais bien remplie. J'aime bien la ville. »

— « Tu as de la chance, il n'a pas plu aujourd'hui. Je ne devrais pas te dire ça mais j'ai eu Bernard au téléphone la semaine dernière. A priori, tu apprends vite. Il est content de t'avoir dans son équipe. »

— « Cela me touche beaucoup. Tu connais bien Bernard ? »

— « Bernard ? »

Jens se tut quelques secondes puis me dévisagea un moment. Je voyais sur son visage une expression intriguée et imbibée d'hésitation. Il reprit :

— « C'est que Bernard est mon frère, tu n'étais pas au courant ? »

— « Ton frère ? Mais tu es Autrichien… » j'étais décontenancé à la suite de cette affirmation soudaine et cherchais vaguement mes mots.

— « Mon demi-frère pour être plus exact », rajouta Jens.

— « Je ne savais pas. »

Bernard avait maintenu le mystère jusqu'au bout. Qu'est-ce qui expliquerait son attitude ? Une discrétion extrême, un souvenir douloureux ? Je m'embourbais dans des élucubrations sans fin. Sophie ne m'en avait jamais parlé non plus, mais je ne pouvais pas aborder Sophie avec Jens. Il n'avait peut-être pas encore fait son deuil. Je ne prendrai aucun risque à son sujet.

— « Tu devrais boire ton café avant qu'il refroidisse », dit Jens, il avait probablement ressenti la gêne et la salve d'interrogations qui m'envahissaient crescendo.

Je souris en signe d'approbation puis saisis ma tasse de café dans la foulée. Il fit de même.

— « Les locaux sont spacieux, il y a autant de monde pour occuper tous ces bureaux ? » demandai-je pour briser le silence qui s'installa entre nous deux.

— « Le taux d'occupation est très variable en fonction des jours mais il peut être élevé. Tu es bien informé sur l'Union européenne ? »

J'étais au courant du projet en cours de la monnaie commune à quelques pays de l'union mais l'euro n'était pas encore en circulation. Je connaissais aussi les rudiments historiques de la construction de l'union. Je n'avais aucune envie d'endurer un quelconque monologue sur l'Europe et ses institutions. La perspective d'un pseudo-cours magistral me frustra dans la foulée.

— « Mes connaissances sont basiques », répliquai-je sur un ton sibyllin.

— « C'est un beau projet et qui suscite beaucoup d'espoir si on joue bien nos cartes, mais il nous faut être exemplaires ».

Je ne saisis pas à qui Jens faisait référence en parlant d'exemplarité mais fort heureusement pour moi, il ne s'était pas attaqué à l'aspect théorique et rébarbatif de l'union. Il ajouta :

— « Tu connais le questionnaire de Proust ? Marcel Proust. »

— « J'en ai entendu parler, mais sans plus. »

— « Si on jouait un peu ? Je te poserai quelques questions, tu dois répondre de manière spontanée. Ça te va ? »

— « Allons-y ! » ce revirement ludique m'intrigua.

— « Première question, quelle est ta vertu préférée ? »

— « Le besoin constant d'être libre. C'est une vertu, j'imagine. »

— « Intéressant, le trait de caractère que tu apprécies le plus chez ta collègue Myriam ? Pardonne mon indiscrétion mais je suis au courant pour vous deux. »

— « Sa générosité. » Je gloussai de surprise avant de répondre.

— « Ton auteur, poète ou dramaturge préféré ? »

— « Je ne suis pas assez instruit mais j'aime bien la poésie de Rimbaud, son style est stratosphérique. »

— « Le personnage historique que tu voudrais voir sur un billet en euro ? »

— « Il y en a tellement, disons Spartacus. Si je suppose que son existence historique est avérée. »

— « Personnage fictif préféré ? »

— « Tintin ! »

— « Cela sera tout pour cette fois-ci », conclut Jens.

— « À mon tour maintenant ? »

Jens sourit avant d'enchaîner « Une prochaine fois. Il est déjà dix-huit heures passées et Hugo rentrera bientôt à la maison. Ses cours se terminent tôt l'après-midi du vendredi mais il faut compter une heure et quart entre Genève et Bruxelles en avion de ligne. Tu veux bien s'il te plaît m'attendre à l'accueil au rez-de-chaussée ? Je dois boucler rapidement quelques sujets, je t'y rejoindrai dans une vingtaine de minutes ».

Dans l'ascenseur, je me disais qu'à son âge, Hugo ne pouvait s'organiser seul pour les allers-retours en week-end. Peut-être qu'ils sont nombreux à faire le même trajet dans son école. L'administration scolaire devait probablement le conduire à l'aéroport, quelqu'un d'autre venait le chercher à Bruxelles car ce n'était clairement pas Jens. En somme, cela ne me regardait pas. Jens conduisait un véhicule tout-terrain. En chemin, je lui fis remarquer que les pistes ne manquaient pas à Bruxelles, il en rigola amplement. Le trajet jusqu'à Crainhem, la banlieue où il habitait, a duré une bonne demi-heure. Le départ de mon train pour Paris était prévu à vingt et une heures et quart de Bruxelles Central, ce qui me laissait un peu plus d'une heure compte tenu du trajet retour jusqu'à la gare.

Hugo se trouvait au lounge de la propriété en rez-de-jardin. À plat ventre sur le sofa, il jouait à une console de jeux portable. Son cartable était par terre accoté contre la table basse entre le sofa et la cheminée. On pouvait apercevoir une trousse noire et des cahiers de différentes couleurs à l'intérieur de son cartable entrebâillé. À notre vue, il se redressa d'un geste brusque. Jens l'embrassa puis lui dit sur un ton enthousiaste « tu as un invité aujourd'hui ». Je lui serrai la main, il était constamment souriant. Il me demanda si j'avais une obligation à Bruxelles. Je m'étais déplacé pour lui rendre visite et accessoirement pour déguster une gaufre, répondis-je. Jens saisit le cartable qui traînait par terre et desserra sa cravate avec sa main gauche d'un seul mouvement. « Mettez-vous à l'aise, on passe à table dans un quart d'heure, Olivier travaille demain matin », dit Jens avant de monter les marches en direction des chambres à coucher au premier étage. En attendant, nous étions assis Hugo et moi sur le sofa.

— « Tu joues à quoi ? » demandai-je.

— « C'est le jeu d'un hérisson bleu qui se bat contre des robots. Tu joues à la console ? »

— « Tu sais, les consoles étaient basiques du temps de mon enfance. Je me souviens d'un jeu de casse-briques, il fallait déplacer latéralement une sorte de raquette et faire rebondir la balle vers les briques en haut de l'écran. Chaque brique disparaissait dès qu'elle était touchée par la balle. C'était ennuyeux. Du coup, je préférais les bandes dessinées. »

— « Nous n'avons que très peu de bandes dessinées à la bibliothèque de l'école mais mon amie m'a offert un album d'Astérix intitulé *la Galère d'Obélix.* »

— « Ça te plaît ? »

— « Je préfère la console même si j'ai bien aimé les dessins. »

Je sortis le croquis du jardin colonial de mon sac et le passai à Hugo. Il l'examina puis me dit :

— « On dirait notre maison ! »

— « Une personne au parc me l'a gracieusement offert tout à l'heure. Il est pour toi. »

Je surveillais ma montre, une demi-heure s'écoula depuis que Jens était monté au premier étage. Il apparut en survêtement gris, les cheveux légèrement mouillés. Nous nous dirigeâmes vers la salle à manger, tout était prêt et déjà servi. Il y avait trois services de table, un grand saladier, un récipient à sauce vinaigrette, une corbeille à pain, une carafe d'eau et un bol de fruit. « Je préfère dîner léger, surtout le vendredi soir après une longue et dure semaine de travail », commenta Jens avant de nous servir, Hugo et moi, de la salade de crudités. Il ouvrit ensuite une bouteille de vin blanc, emplit deux verres au tiers environ.

— « Tu as montré ton nouvel appareil photo numérique à Olivier ? » demanda Jens à son fils.

— « Non, j'ai complètement oublié. »

— « Comment ça marche, tu transmets directement les photos depuis l'appareil numérique à ton ordinateur ? » Je compris enfin pourquoi Hugo ne m'avait plus envoyé de photos au cours de ces dernières semaines.

— « C'est bien ça, j'utilise ensuite un logiciel fourni avec l'appareil numérique pour retoucher les photos sur mon ordinateur. »

— « Envoie-moi quelques photos, je te noterai mon adresse courriel. »

Jens me proposa un café après le dessert, mais pressé par le temps, je m'excusai de devoir abréger ma présence à table. Je saluai Hugo puis Jens qui me pria de revenir bientôt.

Le train était quasi-vide au retour de Bruxelles, comme si le conducteur de train m'attendait explicitement avant d'actionner le sifflet de départ, comme dans un film western. Je me rendis au wagon-restaurant, j'avais besoin de café. Je buvais rarement le café à une heure aussi tardive, mais la journée fut longue et je regrettai déjà d'avoir décliné la proposition de Jens après le dessert à Crainhem. Je restai au comptoir, le café était tiède et un brin fade. Je songeai aux propos de Jens au Berlaimont. Bernard et Jens partageaient un ascendant commun, père ou mère ? Pourtant ils étaient si différents l'un de l'autre en apparence, au sens large à tout le moins. Si Bernard avait omis d'évoquer son lien de famille avec Jens, c'est qu'il avait sûrement de bonnes raisons, me dis-je. Le mieux était que je garde cette information pour moi seul à ce stade. J'avais abordé avec Myriam ma rencontre avec Sophie et les vacances dans le Jura. J'espérais un quelconque éclaircissement, une piste de réflexion, mais je n'eus droit à aucun commentaire. Myriam était restée silencieuse un moment, l'air pensive, puis changea de sujet. Je retournai à mon siège, la voiture était vide, hormis un homme en costume cravate qui tapotait furieusement des doigts sur un clavier d'ordinateur portable. Je saisis le livre dans mon sac et le posai entrouvert sur la table en face de mon siège. Je fermai ensuite les yeux.

8

L'anniversaire de Myriam se rapprochait à grands pas et je ne savais toujours pas quoi lui offrir. Il me restait deux semaines pour me décider et je voulais absolument dénicher le présent juste et surprenant. Si j'en avais les moyens, je me verrais volontiers organiser un séjour à deux au Vietnam. De plus, Dao connaissait le pays sur le bout des doigts. Le lendemain à L'Orée, je profitai de l'accalmie de la pause déjeuner en feuilletant un guide de voyage au Vietnam afin de nourrir ma curiosité. Je compris enfin d'où venait le tropisme de Dao pour les îles de la baie d'Along. Les paysages y sont magnifiques. Et si je me mettais aussi à l'escalade ? Les Rolling Stones avaient sorti un nouvel album l'année dernière et s'étaient enfin décidés à reprendre les tournées. Pas plus tard qu'en juillet de cette année, le groupe s'était produit au Stade de France, une première, mais selon Dao la tournée était belle est bien finie aujourd'hui. Dommage, j'aurais pu inviter Myriam à un concert des Rolling Stones en guise de cadeau d'anniversaire. L'évènement majeur de cet été n'était en aucun cas la performance des Rolling Stones au Stade de France. L'équipe nationale avait remporté haut la main la coupe du monde de football. Bernard était un adepte endurci de foot, il avait payé sa tournée au bistrot au coin de la rue à chaque match de la sélection, à partir des quarts de finale. Myriam discutait tactique avec Bernard, tandis que Dao appréciait l'ambiance festive de la compétition ainsi que la beauté de la réalisation des buts. Les rues de Paris avaient revêtu un aspect éclectique le temps de la compétition et bien que L'Orée ait accusé une baisse des ventes, Bernard l'acceptait avec joie. C'était sa passe décisive et patriote, aimait-il à répéter. Il était bientôt quatorze heures, je croquais une pomme tout en rêvassant sur ma chaise, il était temps de reprendre le travail avec plus de rigueur. Bernard m'avait commandé une fiche de la pièce « Art » écrite par Yasmina Reza. Les ventes avaient considérablement repris ces derniers mois, même si le texte datait de l'année 1994. Cela dit, il me restait quelques minutes de répit et les locaux de la librairie demeuraient déserts. Bernard préparait son café en sifflotant une mélodie que je ne reconnus pas sur le moment. Je décidai de faire un saut au kiosque, je voulais me procurer un journal listant les petites annonces commerciales. Il était temps de mettre sérieusement en pratique mon plan de recherche d'une librairie pour une reprise éventuelle. Je me procurai deux journaux différents, regagnai rapidement les locaux de L'Orée puis les glissai discrètement dans mon sac. Je devais rejoindre Myriam à son domicile ce soir mais je trouverais le temps de passer chez moi au préalable afin de soigneusement ranger les deux journaux à l'abri de toute indiscrétion.

L'appartement que louait Myriam embellissait jour après jour. À chaque visite ou presque, un nouveau meuble ou décor s'insérait avec retenue dans l'espace de vie. Elle avait le don et la patience pour dénicher des babioles insolites en fonction de thèmes précis. Les thèmes changeaient régulièrement selon son humeur et elle troquait les anciennes broutilles pour construire le thème d'après. Chicago désignait le thème actuel. Ambiance cabaret ! Elle avait profité de sa journée de repos pour se procurer une batterie miniature. L'ensemble d'instruments de percussion tenait dans une boîte cubique de cinquante centimètres de longueur environ. Elle était fière de sa trouvaille. Elle saisit une bière dans le réfrigérateur, l'ouvrit d'un coup avec le décapsuleur puis but une gorgée. Elle me tendit ensuite la bouteille tandis que j'inspectais cet ensemble cocasse. Il y avait également un chapeau noir de type haut de forme, une canne et un poster encadré d'une compagnie de danse en tenues sombres et délurées. On distinguait dans le poster en première ligne de la troupe trois personnages, une danseuse portant un chapeau noir au centre, entourée de deux danseurs en smoking. Un des deux danseurs tenait une canne de la main droite. La chasse aux accessoires ne faisait que commencer. Néanmoins, la grande nouvelle du jour fut tout autre. Myriam annonça sur un ton trépignant et enjoué qu'elle allait rejoindre le staff d'un élu de son parti en tant que collaboratrice parlementaire. Il s'agissait d'une occupation à temps partiel et à distance principalement. Concrètement, elle allait rédiger quelques trames de discours de temps en temps. L'élu fut séduit par les talents oratoires de Myriam lors d'un atelier avec les jeunes du parti. Il lui proposa sur-le-champ de rejoindre son équipe. Plusieurs collaborateurs officiaient auprès de l'élu en question, leurs tâches et degrés d'engagement étaient extrêmement divers. Bien que Myriam fût ravie d'entamer cette nouvelle aventure, je ne savais franchement pas quoi en penser. J'étais même un peu tracassé. J'essayais de montrer un semblant de joie à la suite de cette annonce inattendue, le temps imparti à notre couple allait se réduire comme peau de chagrin, me dis-je. « Ne t'en fais pas, je suis douée pour les discours. Cela me prendra à peine quelques heures par semaine et je saurai m'organiser. », Affirma Myriam. Elle avait vu la déception en moi mais j'étais rassuré quant à la pérennité de mon projet secret. Il s'agissait après tout d'une occupation à distance et non chronophage.

J'avais repéré une librairie en vente dans une petite ville à une heure de Paris en train régional. Un bourg traversé par le Grand Morin et doté d'un patrimoine médiéval impressionnant. La taille de la population demeurait relativement faible mais la ville est une destination touristique importante de la région d'autant plus que le local de la librairie disposait d'une petite terrasse avec une belle vue sur la rivière. Je songeai au revenu complémentaire si j'installais quelques tables sur la terrasse, une sorte de café minime. Il faudrait sans aucun doute une autorisation administrative avant de mettre en pratique cette piste de diversification mais elle méritait d'être explorée. Je demanderai un rendez-vous avec la propriétaire pour visiter les lieux et lui poser quelques questions. C'était au tour de Myriam de travailler le samedi cette fois-ci et je profiterai de cette fenêtre pour avancer sur mon projet. D'ici là, je continuerai à scruter les annonces de vente. La journée fut calme à L'Orée et la semaine s'annonçait tout autant. Nous profitions de ces phases d'accalmies pour mettre de l'ordre dans nos rayons respectifs. Vérification des stocks, rapprochement avec les ventes, nouvelles commandes, telles étaient nos tâches ingrates. Une fois le brouhaha de la rentrée passé, les gens retrouvaient graduellement leurs routines. Les prix littéraires accompagnaient cette forme de flottement chez mes concitoyens comme une force de rappel qui assèche les digressions. Les jurys des prix de tous bords publiaient les premières sélections de livres, le marathon était entamé.

Il m'arrivait de côtoyer un cyber café dans le quartier pendant la pause déjeuner. J'avais reçu les dernières photos datées de Hugo par courriel. Je voyais clairement qu'il progressait semaine après semaine dans sa passion et cela me réjouissait considérablement. Il y avait une touche poétique dans ses photos. Une mystérieuse quête de la beauté et de l'harmonie. J'appris qu'il prenait souvent des dizaines de clichés avant d'en choisir une seule photo. La composition de l'image était savamment travaillée et je découvris un nouvel aspect de sa personnalité. Un perfectionnisme patient et un aveuglement acharné. Ses photos couvrirent bientôt les portraits de ses camarades, des scènes de vie au pensionnat. Il explorait comment saisir les mouvements et sa propre voie finalement.

Il tentait de nouvelles expériences avec beaucoup d'énergie et finit même par être désigné photographe attitré de sa classe.

Peu avant la fermeture en fin de journée, Myriam s'éclipsa de la librairie. Les premières semaines de sa nouvelle mission lui commandaient une présence assidue parmi l'équipe de collaborateurs de l'élu qu'elle servait. Il lui fallait, avant de devenir pleinement opérationnelle, s'imprégner du fonctionnement de son équipe, des futurs discours à rédiger et des exigences parlementaires. Elle sera plus autonome et moins sollicitée après cette première phase de formation.

Je baissai la grille métallique avec l'aide de Bernard qui s'empressa de fermer à clé. J'avais fait quelques pas lorsque Bernard me fit signe d'attendre. Il allait rentrer à pied également et me demanda si on pouvait faire un tronçon ensemble. Sa requête me perturba sur le moment mais ne me dérangeait pas dans l'absolu. Il y avait toujours une forme de distance entre nous deux, de ma part surtout du fait du rapport hiérarchique qui nous liait. Il était l'heure de pointe et l'étroite rue piétonne bouillonnait de monde. Pendant que nous nous frayons tant bien que mal un chemin dans la rue, Bernard lança subitement :

— « J'ai eu Jens au téléphone, Hugo était ravi de ta visite surprise. »

— « C'est un garçon formidable. »

— « Je n'ai pas évoqué mon lien familial avec Jens car je n'en ai pas eu l'occasion. Je préfère également ne pas étaler ma vie privée à la librairie. »

— « Je comprends, ce n'est qu'un détail finalement », m'empressai-je de répondre gêné par la tournure que prenait cette discussion.

— « Tu penses ? » Bernard respira un coup avant de poursuivre « Peu de temps après la naissance de Jens, notre mère s'est séparée de son père, originaire de Vienne. Notre mère s'est installée par la suite avec mon père à Grenoble qui était professeur de mathématiques à l'université de la ville. Je suis né presque un an après le divorce entre ma mère et le père de Jens. »

— « Qu'était-il advenu de Jens ? » les derniers propos de Bernard attisèrent ma curiosité.

« Je ne suis pas au courant de tous les détails mais il fut décidé de le garder en Autriche. Durant toute notre enfance, notre mère, qui était autrichienne également, faisait l'aller-retour entre Vienne et Grenoble pour visiter sa famille sur place et ramener Jens à la maison. Nous passions les vacances scolaires ensemble ».

— « Vous étiez proches l'un de l'autre, je suppose ? »

— « Certainement ! Mon père avait un chalet à proximité de Grenoble juché sur le massif de Belledonne. Nous y passions nos vacances. J'en garde de très beaux souvenirs. »

— « Je comprends maintenant pourquoi Jens parle couramment le français. »

— « Plus les années passaient, plus j'avais l'impression qu'une forme de rivalité s'installait entre nous deux, comme si on se disputait l'amour de notre mère. »

— « Je vois », répliquai-je même si je n'étais pas sûr de comprendre où Bernard voulait en venir.

Bernard m'adressa un paisible sourire avant de poursuivre « Je m'en souviens encore comme si c'était hier. C'était au printemps et j'avais treize ans. Nous avions suivi, Jens et moi, un sentier en pleine forêt montagneuse. Nous nous dirigions vers un crêt plus haut avec une vue dégagée sur le massif. Il faisait encore jour, probablement vers dix-sept heures, et le chalet était à peine à trente minutes de marche de notre destination. Alors que nous étions presque arrivés, un bruit derrière les fougères qui bordaient le sentier avait attiré notre attention. Nous nous sommes simultanément arrêtés. Un loup adulte s'était soudainement dressé devant nous, à une vingtaine de mètres. »

— « Oh la vache ! » je ne pus m'empêcher de réagir spontanément.

— « Nous étions tous les deux terrorisés, incapables de bouger. Le loup était resté immobile, il nous toisait de loin avec méfiance. Au bout de quelques minutes de stupeur, le loup avait commencé à s'avancer vers nous. Notre mère nous avait prévenus qu'il ne fallait pas lui tourner le dos. D'un geste inexpliqué, j'avais également entamé quelques pas envers le canidé, doucement pour éviter de le brusquer. Jens me regardait, les yeux écarquillés et paralysé, comme s'il avait perdu la voix. En me rapprochant de la bête, j'ai vu des mamelles sur son ventre. Je m'étais arrêté à moins d'un mètre devant la louve, elle était majestueuse. Elle avait montré brièvement ses crocs, reniflé mon pantalon au niveau du tibia avant de commencer à le mordiller. Je sentais ses crocs sur ma peau à travers mon pantalon. J'éloignai par un réflexe ferme mon pied. La louve avait bondi en arrière. Elle était restée inamovible un moment, hésitait à se rapprocher une deuxième fois. Elle fit un pas en avant puis avait reculé aussitôt. Elle finit par s'enfoncer subitement dans les fougères et décamper. »

— « C'est une sacrée histoire ! Cette rencontre a dû te traumatiser durant de longues années ? » m'exclamai-je.

— « Oui ! Sur le chemin du retour, nous avions décidé de ne pas en parler à notre mère. Nous ne voulions pas l'effrayer et, plus que tout, être privés de sorties en montagne. »

— « Sans vouloir être indiscret, tu as connu le père de Jens ? »

— « Je ne l'ai jamais rencontré, Jens l'évoquait que rarement en ma présence. »

— « Tu n'en sauras pas plus ce soir, je dois bientôt te fausser compagnie. Au fait, qu'est-ce que tu lis en ce moment ? »

— « Art, la pièce dont tu m'avais réclamé une fiche. »

— « Quelle exemplarité ! Rien ne t'y oblige, tu sais. »

— « J'alterne avec mes propres lectures, je picore. Et toi ? »

— « Je revisite un classique de la philosophie, La République de Platon. »

Notre trajet ensemble avait duré une bonne heure finalement. Sans y prêter attention, nous nous arrêtâmes à plusieurs reprises, au gré du rythme des discussions et de la gestuelle de Bernard. Je poursuivis à pied jusqu'à mon domicile, ravi d'avoir enfin discuté avec Bernard.

Les premiers jours de la semaine passèrent, la routine prit naturellement l'ascendant qui lui est dû. Myriam demeurait totalement absorbée par sa nouvelle occupation et Dao était en congé depuis la semaine dernière déjà. Advint le samedi, j'avais rendez-vous à onze heures du matin avec la propriétaire souhaitant céder sa librairie. De paris, la petite ville était desservie à raison d'un train régional par heure. Je prendrai le train de neuf heures trente. Je m'étais réveillé tôt, il était six heures et demie du matin et il faisait encore nuit. J'avais envie de thé. Je mis de l'eau à bouillir dans une casserole et allumai la plaque chauffante. Je pris ensuite une douche à l'eau chaude. J'enfilai un survêtement gris foncé, remplis une tasse d'eau bouillante et plongeai dedans un sachet de thé vert à la menthe. Il était maintenant l'heure du lever de soleil. Je m'avançai vers la vitre, la tasse à la main. La rue était déserte, seule la boulangerie au coin de la rue était éclairée d'une lumière terne. Le boulanger installait un bouquet de baguettes dans le bac à pain. J'entourai la tasse de la main droite, la chaleur remontait doucement jusqu'au poignet, la moiteur de l'arôme du thé se posait avec fugacité sur mon visage. J'hésitai à ouvrir la fenêtre car il faisait plutôt frais. Affronte le froid et dompte tes craintes, me dis-je. J'entrouvris légèrement la fenêtre, le parfum du thé vert se dissipa instantanément dans l'air frais tels les battements d'ailes d'un brave martinet migrateur. Je bus une première gorgée de la tasse. L'horizon s'illumina d'un puissant fil ambre, le ciel par-dessus le fil s'arrachait progressivement au bleu nuit. C'était enfin l'aurore que j'avais attendue si sagement. Le soleil naissait à l'horizon comme une divinité salvatrice. Je songeai aux photos envoyées par Hugo. Quelle était cette beauté qu'il recherchait avec fougue et insistance? Est-ce une idée, une vertu, ou bien ni l'une ni l'autre? J'avais l'impression qu'il cherchait à s'extirper d'une sorte de désert aride à cent mille lieues de l'horizon. Je saisis mon baladeur CD, insérai l'album « Right On Time » des frères Johnson. Le ciel transfigurait petit à petit jusqu'à ce qu'il devînt entièrement clair. Je fermai la fenêtre puis m'allongeai sur le canapé. Je fermai ensuite les yeux.

Je pris le train à la gare de l'Est. Quelques familles et touristes patientaient sur le quai avant le départ. Il y avait, dans le wagon où j'étais, un couple de jeunes randonneurs en sac à dos et chaussures de marche. Ils examinaient une carte, de la région probablement, et organisaient leur journée à la dernière minute comme de véritables aventuriers. Je m'attendais à plus de monde dans le train mais il était trop tôt pour un samedi. Le trajet dura une heure. Je descendis dans une gare de campagne en périphérie de la petite ville. Je marchai ensuite le long des brassets une dizaine de minutes puis continuai sur une rue piétonne jusqu'au centre-ville. Un immeuble médiéval abritait les bureaux de l'hôtel de ville. Il y avait quelques commerces autour de la place, dont un café avec une grande terrasse. Je poursuivis mon chemin sur une ruelle résidentielle à proximité de la place jusqu'à ma destination finale. J'ouvris la porte des locaux, une clochette tinta aussitôt. Je vis d'abord un bureau soulevant une caisse de vente, à droite de la porte d'entrée juste derrière la vitre de la librairie. Les livres étaient soigneusement disposés sur les bacs et étagères le long des murs de part et d'autre de l'allée principale. On voyait au bout de la pièce une baie vitrée et une porte au fond à gauche donnant accès à la terrasse. Le décor était sobre, quelques chaises balançoires en bois traînaient entre les étagères sur les murs et les bacs. Les lieux étaient charmants et d'une simplicité touchante. Comparé à L'orée, le choix des livres était plus restreint. Littérature française principalement, il y avait une étagère unique regroupant quelques essais et guides de la région. J'attendis un court instant, la propriétaire émergea d'une sorte de cellier en poussant une double porte battante en bois. « Vous devez être Olivier, vous êtes pile à l'heure ! Bienvenue dans notre belle ville, je suis Charlotte, la gérante de la librairie », me dit-elle avec un grand sourire. Elle s'assit à son bureau, je rapprochai une chaise balançoire puis m'installai contre le bureau en face de Charlotte. « Je te proposerai volontiers du café mais je ne l'ai pas encore préparé. Je le réserve pour l'après-midi, en général », ajouta-t-elle sur un ton rieur. Elle me servit un verre d'eau, j'avais soif après une heure en train.

— « Alors Olivier, pourquoi voulez-vous reprendre ma librairie, quel est votre projet ? » lança d'emblée Charlotte.

La question me brouilla l'esprit, je n'avais pas de réponse directe à lui servir. Je savais que Myriam était au cœur de la genèse de mon projet. Je me grattai le front puis adressai un regard désespéré à Charlotte qui reprit aussitôt :

— « Ce n'est pas grave ! Tu me diras ça plus tard si on poursuit nos échanges. J'ai retenu de ton premier appel téléphonique que tu es libraire à Paris, il est parfois normal de vouloir se mettre à son propre compte. Pour information, un deuxième libraire m'a également contacté au sujet de la vente. »

— « Si vous le permettez, comment êtes-vous devenue libraire et gérante de votre propre librairie ? » J'avais le besoin pressant de poser à mon tour la question, comme si je cherchais un repère pour ne pas me perdre dans mes réflexions sur le sujet, un guide dans le labyrinthe qui m'attend.

Ma question fit légèrement sourire Charlotte. Elle saisit la carafe sur son bureau puis me servit un deuxième verre d'eau.

— « C'est une longue histoire, mais nous avons le temps. Je ne sais pas pour vous mais personnellement je déjeune tard », répondit Charlotte en rigolant.

— « J'ai toute la journée devant moi », rétorquai-je.

— « Très bien alors ! Au commencement, mes parents étaient citoyens hongrois à l'époque de l'ancien royaume. À l'issue de la Première Guerre mondiale, le pays s'est disloqué. Les empires existants en Europe s'étaient effondrés en quelques mois seulement. Mes parents s'étaient retrouvés du jour au lendemain en dehors du nouveau tracé des frontières de la Hongrie telle que nous la connaissons aujourd'hui. Des étrangers dans leur propre pays avec la pénibilité que cela engendre. Ils ont ensuite émigré en France au début des années vingt, les usines ici avaient grandement besoin de main-d'œuvre. Le trajet en train avait duré plusieurs semaines, les gens étaient entassés les uns sur les autres et leur statut administratif n'arrangeait pas les choses. Ma mère était enceinte en ce moment-là. Après un long périple dans le froid et la privation, ils s'étaient installés en périphérie de Paris dans des conditions difficiles. Je suis née quelques mois après. Il faut comprendre que mes parents ne parlaient pas français à leur arrivée, ils devaient apprendre avec les moyens du bord pour pouvoir travailler et subvenir à leurs besoins. Ma mère faisait des ménages tandis que mon père travaillait à l'usine. Ils ont également connu le déclassement car mon père était journaliste en Hongrie et ma mère enseignait le solfège. Enfant, j'ai grandi dans cet imbroglio. Étant née ici, je parlais français et fréquentais l'école publique mais le regard méfiant de mes camarades était lourd à porter. J'étais plutôt bonne élève en classe, je le vivais comme une consécration, voire comme une revanche. À la suite de l'éclatement de la Deuxième Guerre mondiale, les usines ont fermé ou été détruites, mes parents s'étaient retrouvés de nouveau dans la précarité. Heureusement qu'un brave monsieur nous avait accueillis chez lui dans la clandestinité pendant plusieurs mois. Ce généreux monsieur était d'une bonté incroyable. Il vivait ici, dans cette petite ville. Il tenait une droguerie dans les locaux mêmes nous nous trouvons à l'instant. »

Cette première bribe de l'histoire de Charlotte m'émut, je désirai soit lui tenir la main ou la prendre dans mes bras. Charlotte s'arrêta le temps de boire son verre d'eau puis s'en resservit un deuxième. Elle poursuivit :

— « Après la fin de la guerre, ma famille s'est installée dans une maison dans les environs, mon père a rejoint la droguerie de notre aimable hôte en tant qu'assistant vendeur. Ma mère s'est inscrite à une formation en couture. Notre vie a enfin émergé du chaos. Notre ancien hôte m'offrait souvent des livres. Au départ, j'ai adopté pour règle intransigeante de les lire in extenso, coûte que coûte. Je me rappelle une fois qu'il m'avait offert un gros livre, un pavé. Je n'arrivais pas à le lire en entier, j'avais tout essayé sans réellement accrocher. Je l'avais ensuite caché quelque part dans la maison. C'était un échec personnel et j'en avais honte. Je l'avais si bien caché que je ne le retrouvais plus jamais. Notre hôte vivait seul, il avait perdu sa femme emportée par une maladie rare pendant la Première Guerre. Il a proposé à mon père de lui céder la droguerie pour qu'il puisse enfin profiter de sa retraite. Avec le revenu complémentaire de ma mère, mon père s'était débrouillé pour réunir la somme requise. De mon côté, les livres ne m'ont plus jamais quitté. J'ai exercé plusieurs années en tant qu'institutrice à l'école primaire jusqu'au décès de mon père. La question de cession de la droguerie s'est reposée. J'ai longuement réfléchi. Encouragée par ma mère, j'ai décidé de reprendre la droguerie et de la transformer en librairie. »

— « Comment s'était passée la transition ? »

— « Ce n'était pas simple, même si je disposais de beaucoup de facilités. J'avais un local et de la quincaillerie à vendre pour aider à aménager ma librairie. Ma persévérance a fini par payer. »

— « Permettez-moi de vous poser une question indiscrète. Pourquoi souhaitez-vous vendre votre librairie ? »

— « Le temps du repos et de la transmission a sonné. »

— « Cela me gêne de vous demander ça, mais combien gagnez-vous en tant que gérante ? »

— « Vous vous trompez de vocation si vous pensez vivre confortablement en rachetant ma librairie. » Charlotte accompagna sa réplique d'un rire généreux.

— « C'est que j'ai besoin de financement bancaire pour la quasi-totalité de la somme et il est important de présenter un dossier solide pour obtenir gain de cause. »

— « Il ne vous a sûrement pas échappé que le local dispose d'une petite terrasse. J'ai refusé de la transformer en café par respect vis-à-vis des livres, mais ma démarche est purement personnelle. Dites-moi, vous êtes seul sur ce projet ? »

— « Ma petite amie est également libraire, je prévois de lui dévoiler mes intentions toute à la fin pour lui faire une surprise. »

— « Je vois. Je vous suggère plutôt de lui en parler le plus vite possible, avant de poursuivre votre action. C'est votre première visite dans notre charmante ville ? »

— « Tout à fait. »

— « Profitez de votre journée parmi nous pour vous promener. Je suis sûre que vous allez adorer la ville. »

À la fin de rendez-vous, j'avais convenu de rappeler Charlotte dès que j'aurais clarifié le projet avec Myriam. Aborder dans les plus brefs délais le sujet de l'acquisition de la librairie pouvait s'avérer laborieux à cause de l'agenda chargé de Myriam. Je me posai en terrasse au café de la place de l'hôtel de ville et commandai une omelette aux champignons et au fromage. Je demandai ensuite un café court. Je n'avais pas ramené mon sac cette fois-ci, j'aurais aimé écouter de la musique et lire sur un banc au bord du canal. Je ne m'attendais vraisemblablement pas à déjeuner sur place. À défaut, je me résignai à piquer un roupillon sur la pelouse au pied d'un moulin. J'ai sauté dans le train à destination de Paris en milieu d'après-midi. J'étais désormais impatient de retrouver Myriam pour lui parler enfin du projet, la discussion avec Charlotte m'avait procuré une force mystérieuse pétrie de détermination. Je me rappelai que je n'avais toujours pas de cadeau pour Myriam. Inutile de me compliquer la vie. J'allais l'inviter au restaurant puis à une pièce de théâtre à la comédie française. Cela allait me coûter les yeux de la tête, néanmoins, ma relation avec Myriam le valait amplement.

9

Arrivé à la gare de l'Est, je montai dans le premier bus. Je pointai à l'entrée de L'Orée en fin d'après-midi, Myriam discutait avec un client dans son rayon. Je lui fis signe de la main derrière la vitre. Elle me rejoignit dehors deux minutes plus tard.

— « Qu'est-ce que tu fais là aujourd'hui ? Tout va bien ? » demanda Myriam sur un ton d'inquiétude.

— « Bien, je me suis baladé en région parisienne aujourd'hui », répondis-je. Le ton de la question de Myriam me fit prendre conscience que j'arborais peut-être une expression troublée. Je poursuivis calmement « J'aimerais te parler d'un sujet important. »

— « Cela peut attendre plus tard dans la soirée, non ? »

— « Bien sûr, mais on pourrait rentrer ensemble ? Je prendrai un verre dans le quartier en attendant la fermeture. »

— « Je dois me rendre à l'assemblée, une petite heure seulement. Si tu allais chez moi, je t'y rejoindrais tout à l'heure. »

Myriam n'habitait pas loin de L'Orée. J'ouvris la porte, me dirigeai vers le frigo puis saisis une bière fraîche. Je me ruai ensuite vers le canapé. La journée fut longue et mes vagabondages en Île-de-France m'avaient bien usé. Il y avait du nouveau dans le décor cabaret, une robe noire à paillettes était suspendue sur le portemanteau et de longs gants blancs traînaient sur la table basse, le type de gants qui montent jusqu'aux coudes. Il manquait encore les chaussures, un microphone et un pied perche. Je tentai de deviner les prochaines acquisitions loufoques de Myriam. Il faudrait aussi pouvoir improviser quelques pas de danse. Quel type de danse exactement ? Je n'en avais aucune idée et cela me faisait doucement sourire. J'avais continué de rêvasser en buvant nonchalamment ma bière deux heures au moins. Il était vingt et une heures et Myriam n'était toujours pas rentrée. J'eus un petit creux. J'entamai la préparation d'une soupe veloutée aux légumes, il y avait assez de légumes dans le frigidaire pour tenter l'expérience. J'aperçus également de la crème fraîche, j'arroserai le breuvage d'un trait de crème à la fin. Je me rendis à la boulangerie juste avant la fermeture, heureusement qu'il restait encore quelques baguettes. Une seule suffira. La supérette était déjà fermée, j'aurais voulu agrémenter le dîner d'un bout de camembert avec un verre de rouge. Demain sans faute. Mon plateau était enfin prêt vers vingt-deux heures. La douce chaleur de la première cuillère me fit le plus grand bien. J'allumai ensuite la télévision un peu par réflexe afin de dissimuler ma solitude. La nature humaine a horreur du vide. Je tombai sur une émission économique, un dirigeant d'entreprise haut en couleur chantait les louanges de la belle réussite de l'entreprise qu'il dirige. Il était avant tout question de valorisation financière et de conquête avide de nouveaux marchés mais absolument rien sur la gestion des risques, l'investissement à venir ou la proposition de valeur pour le collectif. Son charisme et son sens de l'humour éveillèrent ma curiosité. Ses palabres jargonneuses et programmées sonnaient étonnamment liturgiques. Je l'imaginais défendre sa stratégie messianique lors d'une assemblée. Le président du conseil de surveillance annonçant dans la foulée que l'illustre directeur général avait décidé de son plein gré de remettre sa démission pour se consacrer à sa vie personnelle. Je le voyais préserver son flegme et acquiescer le sourire aux lèvres sous les applaudissements des autres membres du conseil. Je m'imaginais ensuite fournisseur de cette belle entreprise et détenteur d'un lot de créances « liturgiques », à tout le moins. Pauvre de moi, petit artisan dans la jungle je serais. Si j'en avais le courage, je jetterais un œil sur les comptes de cette entreprise, peut-être que le fringant dirigeant endettait sa propre entreprise pour financer son train de vie de milliardaire ou qu'une obscure société dans un paradis fiscal s'occupait de gérer la totalité des stocks ou de la trésorerie du groupe. Je serais ensuite allé à la rencontre des petits fournisseurs pour les aider à mieux négocier leurs contrats et à mieux se protéger. Peut-être que je pourrais même en vivre mais je n'en avais pas la force, cloîtré dans la tour d'ivoire des livres, le seul endroit où il faisait bon vivre. Cela dit, il y avait sûrement un juste milieu pour aider sans se faire lessiver pour autant. Je songeai à Irina, personnage de la pièce de Tchekhov, elle pourrait presque dire « Il n'y a rien à comprendre aujourd'hui. Au travail », me dis-je sans trop de conviction.

Il était minuit passé quand Myriam glissa sa clé dans la serrure, je m'étais assoupi sur le canapé devant la télévision allumée. Elle enleva ses chaussures, s'assit et posa la tête sur mon épaule. Je voyais clairement qu'elle était fatiguée. « Désolée, je ne m'attendais pas à ce que ça me prenne toute la soirée ». Elle se tut un moment, reprenant ses forces « J'ai enfilé un sandwich sur place, je vais prendre une douche. Tu voulais me parler de quel sujet ? » Une sensation bizarre m'emplit comme si une lame me transperçait le torse. L'angoisse me tordit l'estomac. Je ne pouvais pas lui parler de mon projet. C'était le mien, concocté seul dans mon coin et sur un ton égoïste. Il était grand temps que j'accepte enfin de regarder la réalité en face. La vie de Myriam est en métropole et avait besoin d'engagement collectif. Je devais l'accepter telle quelle. « Rien d'important finalement. Je t'ai inquiété pour rien, excuse-moi », répondis-je. Elle eut un doux sourire, baissa la fermeture éclair de sa robe puis se dirigea vers la salle de bains.

Le lendemain, je pris le temps d'appeler Charlotte. L'intérêt que j'avais exprimé pour sa librairie n'était plus d'actualité. Elle s'était montrée compréhensive et me souhaita beaucoup de réussite pour la suite. Dao était rentré de vacances. Il s'était rendu au Vietnam et avait très bonne mine. Le premier jour de la reprise, il nous avait servi de gros gâteaux à la crème en provenance des salons de thé de Hanoï, en plus d'un succulent dessert de couleur verte à base de riz gluant cuit avec du pandan, orné de poudre de noix de coco. C'était un beau moment d'évasion.

Je ne regrettais aucunement la décision d'abandonner mon projet, en revanche, cela m'ennuyait fortement. J'avais besoin d'un second projet pour faire durer l'espérance et le rêve. La vie est une succession fortuite de rêves, me dis-je. Il était en revanche trop top pour me jeter à bras-le-corps dans une nouvelle aventure sans prendre le temps cette fois-ci d'en explorer toutes les facettes. Je décidai de consulter Dao sur le sujet, il me fallait absolument en parler, ma tête secouait comme un cocotier à longueur de journée. J'avais trouvé l'occasion le jeudi en début de soirée après la fermeture à L'Orée. À peine la grille métallique baissée, Myriam m'embrassa sur la joue droite puis courut rejoindre ses nouveaux collègues. Je proposai à Dao de prendre un verre au bistrot, il accepta avec entrain. Il débordait de joie car il avait enfin escaladé une des nombreuses îles de la baie d'Along. L'aboutissement de plusieurs années de préparation tant physique que mentale. Désormais, il pouvait se targuer d'avoir approché la liberté ultime au plus près, répétait-il avec une certaine fierté.

J'avais raconté mon histoire à Dao en détail et sur un ton dépassionné. Au commencement, mon projet de librairie partait d'un besoin d'épanouissement personnel tout en associant étroitement Myriam. Je lui racontai comment je m'étais organisé dans le secret, le rendez-vous avec Charlotte et enfin la révélation qui s'était ensuivie. Il m'écoutait sans m'interrompre et acquiesçait de la tête régulièrement. Il se tut un long moment et but quelques gorgées de la pinte de bière blonde devant lui. Il se gratta le front puis posa ses deux mains sur la table.

— « Je salue ton courage, il n'y a rien de plus simple à mon sens que de se fier au confort de la fatalité. Bien qu'il faille admettre que tu n'as que très peu d'expérience en tant que libraire » répondit Dao après quelques minutes de réflexion. Il enchaîna ensuite « Laisse-moi te conter une courte légende vietnamienne, dite de l'épée restituée. Au temps de la domination des Ming habitait un dénommé Lê-Loi dans la province de Thanh-Hoa. Il était intrépide et d'une extrême habileté dans le maniement de l'épée. Ne supportant plus l'humiliation des siens, il rassembla en secret une petite milice de volontaires. Il se livra ensuite à une guérilla contre ses ennemis mais son armée n'étant pas suffisamment entraînée, il finit par être écrasé par son adversaire et manqua de peu d'être capturé. Ce qui m'amène à ma première remarque. Tu aurais dû en parler à Myriam et à Bernard depuis le début. Le secret dans ces situations n'est pas forcément ton meilleur allié. »

— « Charlotte avait conclu la même chose, elle m'avait encouragé d'aborder le sujet le plus vite possible », répliquai-je.

— « Je vois. Ce qui m'amène à la suite de la légende. Quelques semaines après, Lê-Loi s'est arrêté dans un village de pêcheurs, en territoire acquis à sa cause. Il a remarqué une épée dans un coin qui se mit aussitôt à briller. Elle appartenait à un pécheur qui l'avait prise dans ses filets. Équipé de cette épée magique, Lê-Loi reconstitua une armée et finit par triompher sur son adversaire. Son peuple l'a proclamé roi. Bien des années plus tard, Lê-Loi fut abordé par une tortue géante qui lui réclamait l'épée magique. L'arme s'est ensuite transformée en dragon puis s'est envolée avec la tortue. Lê-Loi comprit que l'épée était un don du ciel pour libérer son peuple. Le lac de cette légende est situé à Hanoï. Ce qui m'amène cette fois-ci à ma conclusion. La passion est un don, je te conseille de ne jamais abandonner tes rêves. La vie est pleine de surprises. »

La discussion avec Dao avait apaisé mes angoisses, nous reprîmes exceptionnellement une deuxième pinte chacun, comme pour célébrer une mystérieuse victoire.

Les mois qui avaient suivi, Dao fut engagé en tant qu'enseignant de français dans un établissement de l'alliance française à Hanoï. Il s'installa définitivement au Vietnam et profitait pleinement de l'escalade et de la plongée. Aux dernières nouvelles, il dispensait également des cours de soutien en philosophie. Nous échangeâmes régulièrement des lettres, le ton de sa plume était toujours très enthousiaste et je promis de lui rendre visite dès que je pourrais.

Myriam émit le souhait de quitter son emploi de libraire à l'Orée pour se consacrer entièrement à son engagement politique en tant que collaboratrice parlementaire. J'avais passé ensuite six mois comme assistant libraire sous la supervision de Myriam au rayon de littérature générale afin de préparer son départ. Nos rêves divergents nous éloignèrent doucement mais sûrement l'un de l'autre. Nous avions gardé d'excellents rapports amicaux et je continuais de la voir sporadiquement, le temps d'un café volé à son agenda. Bernard reprit la responsabilité de précédent rayon. Il encouragea sans faille Dao et Myriam dans leurs nouveaux projets.

La passion de Hugo ne cessait de croître semaine après semaine. Sa plus grande fierté était une photo d'un chevreuil à la forêt de Soignes, à proximité du domicile de son père. On distinguait à peine l'animal dans la brume matinale, totalement inconscient de la présence de Hugo à quelques mètres seulement. Un sacré coup de chance. Hugo s'essaya par la suite à immortaliser des scènes de vie banales dans les rues de Bruxelles. Il cherchait passionnément sa voie. Je tenais absolument à lui rendre visite au moins une fois par semestre. Quant à Jens, il s'était toujours montré très accueillant à mon égard. Il profitait pleinement de sa retraite et consacrait son temps à son fils et à la rédaction de ses mémoires. Un exercice strictement intime, disait-il. Il donnait également des cours, épisodiquement, dans un institut d'études supérieures.

De mon côté, je ressentais au fil des mois une affinité naissante vis-à-vis de la critique littéraire. La rédaction des fiches de lecture avait sans doute contribué à accentuer mon intérêt pour la décomposition de la structure narrative d'un roman et de ses personnages. Débroussailler méticuleusement la voix d'un auteur me procurait un plaisir gratifiant, comme un détective qui boucle son enquête après en avoir élucidé toutes les ficelles. Au point de vouloir en faire un métier à temps plein. Bernard m'insuffla l'idée de candidater pour un apprentissage au sein de l'équipe de rédaction de la rubrique littéraire d'un organe de presse ou bien au sein d'une revue spécialisée. Ainsi, la critique littéraire professionnelle devint un objectif concret. J'avais préparé un dossier de candidature complet, curriculum vitæ, lettre de recommandation gracieusement rédigée par Bernard en plus de quelques exemples de fiches que je rédigeais pour L'Orée. J'adresserai ensuite mon dossier aux équipes de recrutement de plusieurs revues et journaux.

Quelques semaines plus tard, je fus convié à un premier entretien dans les locaux d'un journal généraliste à grand tirage. Les bureaux étaient situés dans le quartier d'affaires de Paris et occupaient plusieurs étages d'une tour gratte-ciel. Je m'étais présenté à l'accueil au rez-de-chaussée de la titanesque tour en fin de matinée, c'était un jour de septembre 2001. Après quelques formalités de vérification, on me remit un badge d'accès pour passer les tourniquets. Un énorme panneau listait les noms des entreprises sur place ainsi que les intervalles d'étages correspondant à leurs bureaux. Le groupe de presse figurait bien sur le panneau. Un employé du service du personnel m'attendait d'ores et déjà à la sortie de l'ascenseur là-haut. Il me pria de suivre ensuite à travers les allées sur le plateau ouvert au milieu des postes de travail. J'étais surpris par le nombre élevé d'employés et me demandai s'ils étaient tous techniquement journalistes. Nous nous dirigeâmes vers une salle de réunion vide à l'étage supérieur par les escaliers. Il y avait à peine une poignée de gens à cet étage. Enfin, l'agent du personnel m'ordonna de remplir un formulaire et de patienter quelques minutes. Je sortis un stylo de mon sac. Mes mains étaient moites, ce qui me faisait appréhender l'imminente poignée de main avec mes examinateurs. Cet entretien était une occasion en or et il fallait absolument que je sois à la hauteur.

Je remplissais soigneusement le formulaire, il s'agissait en grande partie d'information déjà présente sur mon curriculum vitæ, lorsque j'entendis un bruit assourdissant dans les étages inférieurs. Une explosion d'une force telle que les murs se mirent à trembler un moment. Était-ce véritablement une explosion ou un tremblement de terre. L'alarme incendie commença aussitôt à tinter. Ahuri par la violence du bruit, j'eus pour premier réflexe de ranger mon stylo et le formulaire dans mon sac lorsque l'agent du personnel ouvrit la porte « Restez ici, les escaliers de secours ne sont plus fonctionnels. Ne bougez pas jusqu'à l'arrivée des secours ».

10

Je m'ennuie presque dans cette pièce à attendre, la fatigue y est sans doute pour beaucoup. Pourvu que les secours trouvent leur chemin jusqu'à moi. Je ne suis probablement pas seul dans la misère de ce labyrinthe pestilent. Quelques heureux élus sont déjà sains et saufs en ce moment même, fini le calvaire. Je me demande à quoi ils pensent, maintenant que le spectre de la fin est écarté. Qu'est-ce qui a traversé leurs esprits au moment précis du basculement de la terreur à l'espoir ? La terreur, c'est ce fluide invisible en surchauffe, cette aiguille de la grande horloge qui orne le mur qui me toise. C'est cet enchaînement de coups fugaces de l'épée qui dessine le temps. Cette torpeur qui darde ses flèches, sur le ravissement qui court les calèches. La terreur, c'est cette intrication ouatée des deux fauteuils en cuir qui me soutiennent mais qui n'en font qu'un.

Je guette les sensations de chaleur et l'emballement de mon cœur. D'aussi loin que je me souvienne, je n'ai jamais supporté d'être enfermé ou contraint. Un calme factice règne dans la grande pièce du quarante-deuxième étage où je me trouve, qui me sert de prison et de citadelle à la fois. C'est véritablement le silence qui m'entoure, un silence terrible. Je tourne en rond dans cette salle. Il y a une force dans le silence, dans le vide. Pourtant mon esprit fourmille de pensées bruyantes et désordonnées, le chaos des particules élémentaires insensibles aux collisions. Je me demande ce que je ferais différemment.

Un fin trait de fumée s'infiltre avant de se dissiper par-dessus l'imposante table ovale au centre de la pièce. La réalité commence à planer autour de moi. Cette même réalité qui nous entoure mais évite soigneusement de se frotter à nous. Je cherche désespérément à partager mon angoisse avec la douzaine de fauteuils en cuir qui ornent la table. Je les vois presque comme des êtres à part entière au point même d'éprouver une lueur d'empathie au vu du destin commun qui nous réunit.

Apaisement factice, mes nerfs se détendent. Je m'assoupis quelques secondes ou minutes, je n'en sais rien et je ne cherche pas à le savoir. À quoi bon. Place au rêve comme seule échappatoire. Les fauteuils se transforment en fougères des deux côtés de la grande table au centre de la salle. Celle-ci est un fleuve, l'eau y est transparente et stagnante. Tiens donc, j'ai soif. Le fleuve mène au fond de la pièce face à l'imposant porche de la bâtisse où je pourrais probablement me garer. La route est sinueuse, le grand luminaire suspendu au plafond est un corbeau. Il ne s'arrête plus de croasser. Ferme là un peu, tu veux bien ! Il s'envole, vexé sans doute par mes manières impromptues. Je te prie de m'excuser, il se trouve que je suis dans un sale pétrin. De la main droite aux veines saillantes, je tiens par mes cheveux roux ma tête suspendue. J'ai presque de la pitié pour ce regard crispé et accablé par les remords qui me renvoie le reflet de mes pérégrinations en Méditerranée puis de mon enfance. Le fleuve s'agite subitement. Ce matin, le vent vient de l'est, l'eau courroucée m'emporte mais je m'accroche à une branche de toutes mes forces. J'en fais même une pirogue. Tandis que le feu se rapproche à grands pas, ma seule certitude demeure l'amour. Tel est le rugissement incarné par la puissance de la vie, l'éternel retour. Une douce oscillation, une mélodie en perpétuel chantier avant la construction de la symphonie des cordes.

Tic-tac le temps passe et se ressemble mais la pièce où je me trouve est de moins en moins silencieuse. Les traits de fumée traversent la porte plus vigoureusement à présent. Si seulement j'avais ramené mon baladeur de musique. Je ne pouvais pas prévoir un tel incident. Qualifier ma situation et celle de centaines de gens dans cette tour, probablement aussi angoissés que moi, d'incident est un blasphème. C'est une véritable tragédie. Le sol tremble dorénavant, comme si j'étais dans une bouilloire géante.

— « Je pense que la peinture blanche sur le plafond risque de s'écailler tantôt. »

Mes yeux sont pourtant grands ouverts, suis-je toujours conscient ? J'avais vu une fois une émission sur le rêve lucide. Un songe si puissant qu'il laisse dans l'esprit un souvenir marqué donnant la sensation d'être en éveil. Je n'ai aucun moyen de vérifier si tel est l'état qui me hante véritablement en ce moment. Cela dit, mes premiers soupçons se confirment, c'est bel et bien un masque qui m'adresse la parole. Un masque en bois de la taille d'un visage sur un corps humain habillé en costume cravate sombre et chemise blanche.

— « Qui es-tu ? » demandai-je.

— « Une oscillation ou une résonance si tu préfères. Tu peux m'appeler le Masque. »

— « Est-ce qu'on se connaît ? » j'insiste car la réponse du Masque me troubla davantage.

— « Oh que oui. Laisse-moi te rafraîchir la mémoire, mon cher ami. Enfant, tu es venu me voir sans t'en rendre compte probablement. Je faisais paisiblement ma sieste l'après-midi quand je t'ai entendu arpenter la rue. Tu es ensuite entré chez le marchand de masques. Rappelle-toi bien, c'était au marché Soumbédioune, tu dévisageais avec force mes amis les sept masques. J'étais juste derrière toi. Depuis, tu m'habites jour et nuit, un peu comme un fantôme. »

— « Je vois. Je m'en souviens aussi nettement que la clarté du beau ciel dakarois ce jour-là. Qu'attends-tu de moi ? »

— « Tu as besoin de compagnie en ce moment difficile, n'est-ce pas ? »

— « Ce n'est pas faux. »

— « Tu connais bien le film Bande à Part de Jean-Luc Godard, j'imagine. Il y a dans ce film une scène de danse puissante et audacieuse, dans le café Madison qui réunit Odile, Arthur et Franz. Dansons si tu veux bien. Attends un peu, il manque encore quelques détails. »

Un air de musique commence à retentir progressivement dans la salle, je n'entends plus l'alarme tapageuse. Marion porte un chapeau noir et se tient au milieu entre moi et le Masque. Nous enchaînons les pas de danse, transportés par la musique, un joli sans-faute. Reste calme et garde espoir.

L'espoir, c'est la douceur de cette sphère incertaine qui déboule et renverse. Le vacillement de l'ivresse sur la passerelle, quand le cœur frémit à l'étincelle. L'espoir, c'est le chant du tilleul qui soutient le rossignol sur une délicate feuille. La constellation qui brille par-dessus le bois, lorsque l'oiseau chante vaillamment sa joie. L'ouverture de la grande porte est subitement forcée à l'aide d'une barre en métal, les pompiers se précipitent en ma direction. Quelle joie de respirer enfin !

TABLE DES MATIÈRES

La composition de cet ouvrage
a été réalisée en partenariat avec Nord Compo

Imprimé en France
978-2-310-05607-6
Dépot légal : 3ème trimestre 2024